罪な宿命

愁堂れな

幻冬舎ルチル文庫

CONTENTS ✦目次✦

罪な宿命

✦カバーデザイン＝小菅ひとみ（CoCo.Design）
✦ブックデザイン＝まるか工房

イラスト・陸裕千景子✦

罪な宿命

プロローグ

はい。殺意は確かにありました。ずっと殺したいと思っていました。恨《うら》み骨髄《こつずい》の憎い男でしたから。

綿密な計画を立てました。勿論《もちろん》立てたのは私一人です。

彼はまったく関与していません。あくまでも私一人で考え、行動したことです。

いつどこで、どのようにして、ですか？

展示会場のトイレに呼び出しました。個室に招くと疑うこともせず入ってきました。トイレ内に人気《ひとけ》がなくなるのを待ち、胸を刺しました。

ナイフは随分前から用意していました。え？　いつ購入したかって？

さあ……覚えていないくらい前です。三年……四年……いや、もっと前かもしれない。

そうです。その頃《ころ》から殺意はありました。いつか殺してやりたいと思ってた。だから刺した瞬間は、ついにやった、という喜びに震えたくらいです。

そのとき後悔したかって？　するわけありません。私は本当にあの男を憎んでいましたから。殺したいほど憎らしい、という言葉は、私にとっては比喩《ひゆ》でもなんでもないものです。

勿論、人を殺したら罪になるということは知っています。どんな悪人でも殺していいものではない、という人並みの道徳感も持っています。

それでも私は殺さずにはいられなかった。頭ではわかっていても、殺したいという気持ちを抑えることはできなかった。のうのうと生きているあの男の息の根を、なんとしてでも止めたかった。

……すみません。すっかり興奮してしまいました。

私が殺しました。殺意は勿論ありました。

あの男を殺したとき、少しの後悔もありませんでした。

「今も、かな？」

え？　今、ですか？

そうですね……。今は……。

1

「田宮《たみや》さん、そろそろ一緒にメシ、行きません？　外の食堂、空《す》いてきたんじゃないかな」

「お前一人で行ってこいよ」

「ええー、そんな、ご無体な」

「何がご無体だよ。ブース空《から》っぽにするわけにはいかないだろ？」

　大阪は南港《なんこう》にある大規模なイベント会場に、富岡雅巳《とみおかまさみ》と田宮吾郎《ごろう》の声が響き渡る。今、会場では『地球の未来を考える大環境展』という展示会が開催されており、全国の環境関連ビジネスに携わる企業が自社製品を出展していた。

　田宮と富岡の勤め先は専門商社であるから、自社で製造している製品はないのだが、それぞれが担当する取引先には環境に関連する製品があり——因《ちな》みに田宮の担当はエコを考えた空調機器、富岡が担当しているのは中型の発電機である——この二つのアイテムで企業ブースを取り出展していた。

　提案したのは富岡で、今の時代、環境ビジネスに真剣に取り組んでいるという姿勢を対外的に示すのは必要であり、業績向上にも役立つであろうと部長を説得したのだったが、同行者に田宮を指名したあたり、彼の真の目的が業績向上であったかは疑わしいものである。

というのもこの富岡、同じ部の先輩社員である田宮に恋愛感情を抱《いだ》いており、職場が同じという地の利を活《い》かし、日々口説《くど》き続けているのだった。

富岡は今年二十八歳になる、慶大理工学部の院卒で在学中は体育会庭球部に所属していたという長身のスポーツマンである。顔立ちも整っており、かつては『合コンキング』の異名を取っていたほど女性関係は派手だったが、魅力のある笑顔と人好きのする性格故、社内外を問わず女性社員たちの間で人気があるのも頷《うなず》けた。

その富岡が今、すべての合コンをなげうって追いかけている田宮は、富岡より二歳年上の三十歳、早大教育学部出身で、学生時代はテニスサークルに所属していた、自称『ごくごく平凡なサラリーマン』である。

本人、至って地味な存在であると思い込んでいるのだが、実際は滅多に見ないほど整った顔立ちと持ち前の気立てのよさから、彼もまた社内や取引先で男女を問わず、かなりの人気を博していた。

仕事面では真面目《まじめ》な上に努力家であり、粘り強いその性格から部の柱となるような新しい商権を開拓したという、できる男としての顔も持つ。本人にその自覚はないものの、周囲には常に彼を慕う人間が集うという人気者なのだった。

こう評するとすべては順風満帆、影など一つもないような印象を抱かれるかもしれないが、実は田宮には、殺人犯の汚名を着せられかけたという過去があった。その際、腹を刺されて三カ月ほど入院したのだが、事件からほぼ一年が経《た》ち、そのことが社内で噂《うわさ》に上ることもなくなった。受けた心の傷を癒《いや》してくれる相手に恵まれたことが幸いし、もとのような会社生活を送れるようになった田宮が今、頭を悩ませているのがこの富岡の周囲の目を気にせぬ求愛だった。

三カ月ほど前にも社内を『富岡と田宮はデキている』という噂が駆け巡ったのだったが、気にする田宮とはうらはらに富岡は「周りから固める作戦っていうのもアリかも」などと逆に噂を喜ぶ始末であった。その後噂が一因となった事件さえ起こらなかったら、富岡は更に噂を煽《あお》り立てるような行為に及んだかもしれない。

事件直後は大人しくしていた彼だが、最近は喉元《のどもと》過ぎれば、とばかりにまた田宮にべたべたと付きまとい、「映画に行きましょう」「食事に行きましょう」「旅行に行きましょう」とのべつまくなし誘ってきた。

今回の大阪の展示会での出展に、田宮の担当しているメーカーの製品を担ぎ出したのも彼の下心故なのではないか、と思わず疑ってしまうほどに、富岡の田宮へのアプローチは強引、かつしつこいものだった。

「いいじゃないですか。ちょっとくらいブース留守《るす》にしたって大丈夫ですよ」

田宮と富岡の会社は東京の大手町に本社がある。この大阪での展示会は二日間開催されるので、二人して出張することになったのだが、決定したときの富岡の浮かれっぷりは傍《はた》で見ていても異常と思えるほどだった。

新幹線やホテルの手配はすべて自分がするからと言う富岡に、一抹《いちまつ》の不安を覚えないでもなかったが、日常業務の煩雑《はんざつ》さに追われて深く追求することができずに田宮は当日を迎えた。案じたとおり富岡は、新幹線の中でも、そして展示会場でも、やたらと浮かれながらべたべたと付きまとい、正直田宮は少し辟易《へきえき》としてしまっていた。

「いいわけないだろう？　お前一体、何しにここまで来たんだよ」

ここは先輩としてぴしゃりと言ってやらねば、と厳しい声を出した田宮は、

「何って、そんな。田宮さんとの思い出作りに決まってるじゃないですか」

さも当然というように真顔でそう言った富岡の言葉にブチ切れた。

「出張だろ、出張。本当に何考えてるんだよ？」

「考えてることですか？　そりゃ勿論、田宮さんと今晩何を食べようかなって。せっかく大阪まで来たんですからね、大阪名物っていえば……」

「お前なあっ」

少しも悪びれることのない富岡に、呆《あき》れるのを通り越し怒りすら覚えてきた田宮が、腐った性根を叩《たた》き直してやろうと彼を怒鳴りかけたそのとき、

「失礼、T通商のブースはこちらですか？」

突然声をかけられ、慌てて背後を振り返った。

「いらっしゃいませ」

咄嗟《とっさ》に作った営業スマイルを向けながらも、胸元にスタッフと書かれた名札を見つけた田宮は、声の主が自分たちと同じく出展者の一人とわかり、心の中で緊張を解《と》いた。客ではなく、冷やかしか、もしくは同業者の偵察かと思ったからである。

「はじめまして、私《わたくし》、こういうものです」

笑顔で差し出された名刺には、『斉藤《さいとう》エンジニアリング株式会社　代表取締役　斉藤健《けん》』とあった。見たところ四十代半ばのようだが、と田宮はつい持ち前の好奇心から、自分も名刺を差し出しつつ、男の顔を観察していた。

身長は百八十センチ近くあると思われる、端整な顔をした男だった。着ているスーツはどう見ても一着数十万はするイタリアンブランドの高級品のようである。少し色のついたシャツに趣味のいいネクタイを合わせている服装も完璧《かんぺき》であったが、服ばかりでなく靴や時計、身につけているものすべてが、超のつくほど高級品に見えた。

「田宮さんとおっしゃるのですか」

にっこりと微笑みかけてきた男の表情や喋《しゃべ》り方も、ハイクラスな階級に所属する者特有の、よくいえば品のよすぎる、悪くいえばやや鼻持ちならない雰囲気があった。確か『斉藤エンジニアリング』は、十年ほど前に台頭してきた半導体メーカーである。畑違いの自分が知っ

ているほどの社であるから、いかにもセレブという雰囲気を振りまいているのもまあ、当然のことだろうと思いつつ、田宮は、

「はじめまして。田宮と申します」

と斉藤の前で頭を下げた。

「商社が出展されるのは珍しいですね」

「ええ、初めての出展となります。今回はエコを重視した空調機器と発電機の紹介をしております」

「ほお、田宮さんのご担当はどちらなのです?」

「私は空調機器を……」

「エコを重視したエアコンですか。面白いですね。ちょっとお話を聞かせていただけますか」

「勿論です。こちらへどうぞ」

冷やかしにしては熱心だと思いながらも、田宮は斉藤を展示している製品の前まで導くと、カタログを手に説明を始めた。

「こちらは家庭用なのですが、性能を同じくする従来品より使用する電力が三分の二に抑えられています」

「ああ、省エネも立派な環境対策ですからね」

田宮の説明を斉藤は「なるほど」と興味深そうに聞いていたが、ひととおり説明が終わり、

カタログを手渡そうとすると、

「ところで、田宮さん」

にこ、と目を細めるようにして笑い、田宮に顔を寄せてきた。

「はい？」

心持ち身体《からだ》を引いた田宮の耳元に、斉藤が囁《ささや》きかけてくる。

「本日は大阪にお泊りですか？」

「ええ、明日も参りますので……」

展示会は二日間開催される予定である。田宮と富岡は大阪支社の近くにホテルを予約していた。

それにしても何故にそんなことを聞くのだろうと内心首を傾《かし》げながら答えた田宮に、更に身体を寄せるようにして斉藤がまた囁いてきた。

「どうでしょう、一緒にお食事でも」

「はあ？」

思いもかけない突然の誘いに、田宮が営業スマイルを忘れて戸惑《とまど》いの声を上げたとき、

「申し訳ありません。せっかくのお誘いですが夜には支社とのミーティングが入っておりまして」

いきなり、ずい、と二人の間に富岡が割って入ってきたのに驚き、客の前だということも

忘れて田宮は思わず彼の名を叫んでいた。

「と、富岡？」

「はじめまして。私、田宮と同じくT通商の富岡雅巳と申します」

突然なんなんだと目を丸くする田宮にかまわず、富岡はにこやかにそう名乗ると、丁重な仕草で斉藤に名刺を差し出した。

「名刺は先ほどいただきましたので」

だが斉藤は幾分憮然《ぶぜん》とした顔でそう答えると、「それでは」と挨拶《あいさつ》もそこそこに立ち去っていってしまった。

「あの⁇」

今のは一体なんだったのだと思いつつ田宮は斉藤を呼び止めようとしたのだが、時既《すで》に遅く彼の背は人波の中へと消えていた。それ故田宮の意識は、やれやれ、と肩を竦《すく》めながらぶつぶつと何か呟《つぶや》いている富岡へと向くことになった。

「まったく。油断も隙《すき》もあったもんじゃない」

「おい、夜にミーティングなんて予定、入ってたか？」

聞いてない、と眉《まゆ》を顰《ひそ》めて問いかけた田宮は、富岡のあまりにあっさりした答えに思わず大きな声を上げてしまった。

「ああ、あれ、嘘《うそ》です」

「嘘⁉」

なんだってまた、と問うより前に、富岡に両肩を摑《つか》まれ、田宮が口を尖《とが》らせる。

「なんなんだよ」

「『なんなんだよ』じゃないですよ。まったく。田宮さん、ああいった輩《やから》には気をつけてくださいね」

「輩？」

上場企業の社長という斉藤の立場と『輩』という卑称とのギャップに、最初田宮は富岡が何を言っているのかが真剣にわからなかった。

それ故、大きな目を更に大きく見開き尋ね返したのだが、そんな田宮に対し富岡は、

「ああ……」

感極まったような声を上げると、いきなりその場で田宮を抱き締めてきた。

「お、おいっ」

何やってるんだ、と慌てて身体を離した田宮に富岡が切なげな声を出す。

「……本当になんて愛らしい……」

「馬鹿《ばか》じゃないかっ！　お前、こんな公衆の面前で……」

三カ月前、社内で噂になったのを忘れたのかと怒鳴りつけようとした田宮の前で、富岡が相好《そうごう》を崩《くず》した。

「人目がなかったらいいってこと？」

「アホかっ！」

いい加減にしろ、と田宮が凶悪な顔で睨《にら》みつけるのに、

「ジョークじゃないですかあ」

少しも堪《こた》えぬ調子で富岡は笑ったが、すぐ真面目な顔になり、またも田宮をじっと見下ろしてきた。

「こういう公衆の面前でも、ナンパをしかけてくる奴がいるんです。世の中、僕のように自制心が強いナイスガイばかりじゃないんですから。田宮さん、本当にくれぐれも、注意してくださいね？」

「はあ⁉」

何を言われているのかさっぱりわからない、と田宮が素《す》っ頓狂《とんきょう》な声を上げたのに、やれやれ、と富岡は肩を竦め、田宮にもわかるように懇切丁寧《こんせつていねい》な説明を始めた。

「だから、さっきの斉藤社長ですよ。ありゃ誰《だれ》がどう見てもナンパです」

「そんなわけないだろ」

馬鹿じゃないか、と、再びいつもの口癖が田宮の口を衝《つ》いて出る。

「馬鹿じゃないです。だいたいなんだって半導体メーカーの社長が、なんの取引実績もない商社の社員を――それも平社員を、食事に誘わなならんのです」

「……まあ、俺《おれ》もそれは変だとは思ったんだけど……」

確かに斉藤社長の誘いはあまりに唐突で不自然ではあった。だがもしかしたら、今後当社との取引を始めるきっかけにしたいのかもしれないと思ったのだと言うと、

「あの社は確か、三友商事《みともしょうじ》と総代理店契約を結んでいたはずですけどね」

富岡はその可能性をあっさりと否定した。

「へえ、そうなんだ」

他業種のことなのによく知ってるな、と感心している田宮の肩を富岡が再びがしっと摑む。

「ともあれ！」

「なに？」

ぐっと顔を近づけてきた彼から同じ距離だけ身体を引いた田宮に、富岡はこれ以上はないというほどの真剣な顔でこう告げた。

「本当に気をつけてください。変なおじさんに声かけられても、ついていったりしちゃ駄目ですよ」

「馬鹿じゃないか」

今日、何回目かの『馬鹿じゃないか』を口にした田宮が、乱暴に富岡の手を振り解《ほど》く。

「そういやメシ行くとか言ってたよな。先に行ってこいよ。今、客少ないし」

馬鹿馬鹿しい話題はこの辺で切り上げようとして田宮はそう富岡に告げたのだったが、富

岡は「とんでもない！」と大仰《おおぎょう》に首を横に振ってみせ、またも話題をもとへと戻した。

「田宮さんを一人ブースに残していくなんて、そんな、狼の群れの中に仔羊を放り出すような危険なこと、できるわけないじゃないですか」

「お前、いい加減にしろよ」

周囲を気にせぬ富岡の大声に、隣や前のブースから視線が集まってくる。狼の群れならぬ真っ当な社会人たちの注目を浴びてしまったことを恥じ、田宮は富岡の口を塞《ふさ》ぐためぴしゃりとそう言い捨てたのだが、その程度で大人しくなる彼ではなかった。

「田宮さんの身の安全は僕が責任もって守りますからね。また、あの斉藤社長みたいな下心ミエミエの男につけ込まれたら大変ですから」

「馬鹿っ！　本人に聞かれたらどうするんだっ」

田宮は慌てて富岡の口を手で塞ごうとして飛び掛かっていったのだが、途端にえへら、とやにさがった顔になった彼を見て、即刻身体を離した。己の行為が富岡を反省させるどころか、嬉《うれ》しがらせるだけに終わることに気づいたからである。

「惜しい……」

チッと舌打ちしたところを見ると、田宮の読みは当たっていたらしい。

じろり、と睨みつけると、

「ジョークですって」

富岡は明るく笑い飛ばし、先ほどの田宮の言葉に今更の相槌《あいづち》を打ってきた。

「まあ、本人に聞かれたところで問題ないと思いますよ。あれだけあからさまにナンパしてきたんですからね」

「だからそれはお前の思い込みだと思うんだけど」

まだ言うか、と呆れた田宮に、富岡もまた、『まだ言うか』というように心底呆れた顔になる。

「まったくもう。鈍いにもほどがありますよ。なんでわからないかなあ？」

「わかるわけないだろ。第一、なんで俺がナンパされなきゃならないんだよ」

「なんでって、それだけ田宮さんが魅力的だってことじゃあないですか」

「馬鹿じゃないか？」

二人の声がだんだん高くなってゆく。相手の言うことがまったく理解できず、その上自分の言う言葉も理解してもらえないもどかしさに、先に切れたのは富岡だった。

「馬鹿じゃないですよ。嘘だと思うんなら僕、直接斉藤社長に聞いてみましょうか？」

「はあ？」

一段と高い声を出した富岡に、一体何を言い出すのだと田宮が目を丸くする。と、富岡は売り言葉に買い言葉とばかりに、バンと己の手で叩いた胸をこれでもかというほど張ってみせた。

「本人に確認しますよ。あれは紛《まが》う方《かた》なくナンパでしたと、斉藤社長御自らに認めてもらいましょう！」

「そんなこと、できるわけないだろ！」

本当にもう、と呆れて溜《た》め息《いき》をついた田宮の言葉はこのとき、期せずして事実を物語っていた。田宮と富岡、二人の間で話題騒然となっていたかの斉藤社長は、その頃会場の男子トイレで物言わぬ死体となっていたからである。


斉藤エンジニアリング社長、斉藤健の遺体が展示会場の男子トイレの個室で発見されたのは、その日の午後三時、田宮がなんとか富岡を宥《なだ》めすかし、先に昼食に出してから三十分ほど経った頃のことだった。

ぽつぽつとブースを訪れる客に笑顔で対応していた田宮は、急に会場内がそれまでにないざわめきに包まれ始めたのに、一体何事だと周囲を窺《うかが》った。

会場内にいる客や出展者たちも、何かが起こっているらしいとは察しているようだが、それがなんだかはわかっていない様子である。そうこうするうちに遠くサイレン音が聞こえてきた。急病人でも出たのだろうかと田宮が首を傾げていたとき、

「田宮さん！　大変です！」

人垣をかき分け、息せき切って駆け戻ってきた富岡の声が響き渡った。

「大変って何が」

滅多に取り乱したところを見せない富岡の慌てっぷりに、何事だと田宮は眉を顰めたが、続く彼の言葉には仰天し、思わず大きな声を上げていた。

「大変も大変、殺人事件ですって！」

「殺人～⁉」

富岡の声が周囲に響いたと同時に、皆の注目が一気に彼に集まった。自然とできてしまった人垣の中、田宮は富岡に、

「殺人ってお前、本当なのか？」

どういうことだと事情を問うた。

「僕も詳しいことはよくわからないんですが、どうも会場内のトイレで、男が殺されているのがわかったみたいですよ。清掃の人が見つけたそうで、野次馬で今、大変なことになってます」

ここに戻ってくるのにえらく時間がかかってしまった、と、富岡が額の汗を拭《ぬぐ》った。

「『殺人』というのは間違いないのか？　急死とかじゃなくて？」

サイレンの音がまた遠くの方から聞こえてくる。今度は一台や二台ではないようで、それ

ぞれのサイレンが調和し鳴り響く音を聞きながら、田宮は富岡に問いを重ねた。

「ええ、胸をナイフでひと突きだそうです。発見したおばさんが興奮して泣き喚《わめ》いていましたよ」

「……殺人か……」

思いもかけず事件に遭遇することになった驚きから呟く田宮の周囲で、

「殺人だって」

「一体誰が殺されたんだ？」

富岡の話に耳をそばだてていた人々が、ひそひそと囁き合っている。と、そのときがさごそというマイクが入る音がし館内放送が響き渡った。

『ご来場の皆様、出展者の皆様にお願い申し上げます』

緊張した男の声には関西訛《なま》りがあった。主催者だろうかと思いつつ、田宮をはじめ皆が放送に耳を傾《かたむ》け始めた。

『先ほど会場内で事故が発生いたしました。大変申し訳ありませんが、出展者の皆様はそれぞれのブースにお戻りくださいますようお願いいたします。ご来場の皆様は、会場に三カ所設営しております出入り口にお集まりいただきたく、何卒《なにとぞ》ご協力のほどお願い申し上げます。繰り返します……』

「『事故』ね……」

富岡はそう呟くと、繰り返される館内放送にまだ耳を傾けていた田宮の顔を覗《のぞ》き込んできた。

「なんだよ」

「いや、なんか僕たち、殺人事件の遭遇率が高いと思いませんか？」

にっと笑った富岡の顔には緊張感の欠片《かけら》もない。

「お前なあ。人一人亡くなってるんだぞ？　そんなふざけたこと言ってる場合じゃないだろう」

思わず田宮が声を荒立てたのは、身近に『殺人事件』の捜査に携わる人物がいるためだった。人の命の尊さ、重さを誰より知っているその人物は、それ故身を粉にして殺人事件の捜査に当たり、犯人検挙に力を尽くす。常にその姿を傍《そば》で見ている田宮は、富岡の物言いについ憤《いきどお》ってしまったのだが、富岡も自分が不謹慎《ふきんしん》なことを口にした自覚はあったようで、

「すみませんでした。面白がるつもりはなかったんですが」

素直にそう詫《わ》び、頭を下げてきた。

「……いや、それは俺もわかってたけど……」

らしくない殊勝《しゅしょう》な富岡の振る舞いに、田宮は逆に恐縮してしまい――すぐカッとなりはするものの、怒りが持続しないのが彼の美点のひとつでもあった――ぼそぼそと口の中でそう呟くと、話を事件に戻そうと富岡に尋ねた。

「しかし、一体誰が殺されたんだろう？　この展示会がらみということは間違いないんだろうか」

「今日、会場ではこの環境展以外にイベントはないようですから……しかしこれから出展者全員、加えて来場者の身元チェックや身体検査をするのかと思うと、どれだけの時間がかかるんでしょうねえ」

「……そうだな……」

田宮の脳裏《のうり》には昨年の部内旅行での出来事が甦《よみがえ》っていた。

物言いは不謹慎であったが、先ほどの富岡の言葉は正しく、彼らはその部内旅行でも殺人事件に遭遇していたのだった。宿泊していたホテルで男が殺され、田宮はその事件の第一発見者になってしまったのである。

そのときもかなり長い時間、ホテルで足止めされたのだったと思い出し、千人は超しているであろう場内の人々を見回すと、田宮は溜め息をついた。

「田宮さん、腹減ったでしょう」

富岡も溜め息をつきながらも、田宮を案じ問いかけてくる。

「まあな」

「先にメシ、行ってもらえばよかったですね」

すみません、と謝る富岡に、

「俺がお前に先行けって言ったんだから」

気にしなくていい、と田宮が首を横に振ったとき、ひと目でサラリーマンではないと思われる、眼光鋭い男たちが数名ブースに近づいてきたものだから、何事かと田宮は、そして富岡も彼らに注目してしまった。

「あ」

その中に見覚えのある顔を見つけ、田宮は思わず小さく声を上げていた。

「どうしたんです？」

富岡が耳ざとく聞きつけ、田宮の顔を覗き込む。

「大阪府警の人だ」

「え？　なんでそんなこと……」

知ってるんですか、と富岡が問いかけようとしたとき、それまでの厳しい表情を解き笑顔になった若い男が田宮に駆け寄ってきて頭を下げた。

「どうも。ご無沙汰《ぶさた》しとります、田宮さん」

「こちらこそ。お元気でしたか？　小池《こいけ》さん」

「ええ？」

笑顔で挨拶を交わす二人を、富岡が驚いて見つめている中、田宮が『小池』と呼びかけた男は、それは嬉しそうな顔をして笑った。

「いやあ、名前、覚えててくれはったんですか」

「それを言うなら小池さんこそ」

笑顔で会話を続ける二人の間に、年配の男が割って入った。

「あの、ちょっとよろしいですかな」

「あ、その節はどうも……」

田宮はその男にも頭を下げ、年配の男も、

「こちらこそ、あのときはとんだご迷惑をおかけしまして」

田宮の前で深く頭を下げている。

「そうそう、小池が東京ではお世話になったそうで」

「いえ、私は何も……」

会話を中断させた年配の男が田宮と話し込みそうになるのを、今度は小池が遮《さえぎ》った。

「藤本《ふじもと》さん」

「ああ、こりゃ失敬」

額をペシ、と叩くレトロな仕草をしてみせた年配の男は藤本というのか、と富岡が見守る中、府警の男たちは真面目な顔になり、田宮の前で姿勢を正した。

「ところで田宮さん、斉藤エンジニアリングの斉藤社長という方、ご面識はないですかな」

「斉藤社長ですか？」

「え？」

田宮が戸惑いながら問い返す横で、富岡が驚いた声を上げる。二人の様子から『面識あり』と判断したらしい小池が、声を潜《ひそ》めて田宮に囁いてきた。

「実は先ほど、会場内のトイレで斉藤社長の死体が発見されたのですが」

「なんですって⁉」

思わず大きな声を出してしまった田宮を益々《ますます》驚かせる言葉を小池は続けた。

「遺体の胸ポケットに入っていた名刺の中に田宮さん、あなたの名刺もありましてね」

「ええ？」

「そんな……」

横で聞き耳を立てていた富岡が小さく呟いたのを、じろり、と小池は一瞥《いちべつ》したあと、改めて田宮に向き直った。

「詳しいお話をお聞かせいただきたいもので、ちょっと署までご同行いただけますか」

「え……」

さっと田宮の顔色が変わったがそれは、自分が容疑者だと思われているのではないかと案じたためだった。今では友好関係を築いているが、かつて田宮はこの小池に殺人犯扱いされたこともあったからである。

「ここで話を聞くと目立つから、という理由です。別に田宮さんを疑ってるわけじゃありませんので」

こそり、と小池が囁いてくるのに頷きはしたものの、まさかまた殺人事件に巻き込まれてしまったのかと硬い表情をしていた田宮の横から富岡の大きな声が響き、小池をはじめ大阪府警の刑事たちの注意は彼へと逸《そ》れた。

「僕も行きます！」

「富岡⁉」

「あんたは？」

驚きの声を上げた田宮と、不審そうに眉を顰めた小池に富岡は一歩近づくと、名刺入れから一枚抜き出し、小池に向かって差し出した。

「田宮さんの同僚で富岡と申します。田宮さんとは一蓮托生《いちれんたくしょう》、離れようにも離れられない仲ですのでご一緒させていただきます」

「誰と誰が一蓮托生だっ」

田宮がツッコミを入れる隣で、小池の富岡を見る目が益々不審そうになったが、当の富岡はそんな視線など関係ない、とばかりに涼しい顔で言葉を続けた。

「同じ会社に勤めてるんですもの。一蓮托生じゃないですか」

「お前、『一蓮托生』の意味わかってないだろ」

まったく、と溜め息をついた田宮に、

「わかってますよ。生きるも死ぬも一緒、一生ついていきます、ということでしょう?」

富岡は更に調子に乗ったことを言い、田宮の肩を抱《だ》こうとした。

「よせって」

「大丈夫、僕がついていますから」

「ついて来なくていいっ」

「あのー」

いつしか声高に言い合っていた——田宮側からしてみたら『注意していた』だが、富岡側からしたら『じゃれ合っていた』となる見解の相違はあったが——二人の間に、藤本が割って入り、田宮を我に返らせた。

「別に取り調べやないですし、ご一緒いただいても結構ですんで」

周囲の好奇の目は今やすっかり田宮と富岡に集まっている。府警の『人目につかないように』という配慮をすっかり無下《むげ》にしてしまっている現況に田宮はいたたまれなさを感じ、小さな声で詫びた。

「申し訳ありません……」

「ほな、行きましょう。ああ、もう今日は会場には戻られへん思いますさかい、荷物まとめられた方がええでしょう」

「……はあ……」

結構長時間拘束されることになるのだろうかと案じつつも、田宮は富岡と大急ぎで荷物をまとめ、藤本たちと共に会場をあとにした。

「府警総出ですよ。大規模な展示会ですなあ」

来場者一人一人に連絡先を訪ねている刑事たちの傍を通り抜けたとき、藤本がやれやれ、というように肩を竦めてみせたのに、確かに大変そうだと思いながら田宮は相槌を打った。

「出展社数は百以上あるそうです」

「あの時間、会場には千人以上おりましたからねえ。一人一人身元確認するのに、どれだけかかるか思うたらもう、気が遠くなりますわ」

ぴしゃり、とまた額を掌《てのひら》で叩いてみせながら藤本が笑うのに愛想笑いを返しながらも、田宮は未だに自分がまたも殺人事件に巻き込まれつつあるという実感が湧《わ》かずにいた。

ほんの数時間前会ったばかりの男が絶命していた――いきなりそう聞かされても、『そんな馬鹿な』という言葉しか浮かんでこない。

「……宮さん、田宮さん？」

名を呼ばれたのに、はっと田宮は我に返り、声の主である富岡を見やった。

「ああ？」

「僕たちだけじゃないみたいですよ」

ほら、と富岡が目で示した先には、田宮たち同様、刑事に連れられたサラリーマンたちが覆面パトカーに乗り込もうとしていた。

「斉藤社長が今日会ったと思われる方は皆さん、署にご同行いただくことになってます。亡くなる前までの社長の足取りを知りたいものでして」

二人の会話に気づいた小池がそう説明してくれたのに頷きながらも、田宮はまた、一人物思いに耽《ふけ》りつつあった。

覆面パトカーの赤いサイレンが、『彼』の姿を呼び起こす。

自分がまた事件に巻き込まれたと知れば『彼』はどう思うだろうか――。

「そういえば田宮さん、高梨《たかなし》警視はお元気ですか」

促されるままに覆面パトカーへと乗り込んだ田宮に向かい、運転席から振り返った小池が今まさに思い起こしていた『彼』の近況を問うてくる。

「ええ、元気です」

頷いた田宮を乗せた覆面パトカーが大混乱をきたしている会場からのろのろと走り出る。やがて車が大通りを疾走し始め、一路大阪府警へと向かう中、田宮は流れる車窓の風景を眺《なが》めながら、今頃彼は――高梨は何をしているのだろうと、愛《いと》しい人へと思いを馳《は》せていた。

2

覆面パトカーが大阪府警に到着したあと、田宮と富岡は大きな会議室で同じく展示会場から連れてこられた他のサラリーマンたちと一緒に数時間待たされることになった。

部屋には続々と新しい人たちが会場から連れられてきた。どうやら本当に、斉藤社長が名刺交換した相手が皆集められているらしい。

事情聴取はそれぞれが斉藤社長と会話を交わした時間帯順に行われているようで、昼過ぎに社長に会った田宮たちが別室に呼ばれたのは、府警に到着してから三時間以上経ったあとだった。

「お待たせしましたな」

実は田宮が大阪府警を訪れるのは二回目になる。初めて連れてこられたときには、有無を言わせず取調室で話を聞かれたのだが、今回は六名ほど入れる小さな会議室で、藤本と小池二人が田宮たちを迎えた。

「いえ……」

藤本と小池はどうやらこの三時間、ずっと話を聞き続けていたようだった。さすがに疲れた顔をしている彼らに勧められ、田宮と富岡は向かい合わせの席に座ると質問に答え始めた。

「ええと、それでは斉藤社長と何時頃、お会いになられたのか、どのようなお話をされたのか、教えていただけますかな」

「だいたい一時半くらいだったかと思います。商社の出展は珍しいと声をかけられて、製品の説明をした、そのくらいです」

藤本の問いに答えながら、田宮は内心、横から富岡がいらぬことを言い出すのではないかとひやひやしていたのだが、田宮の心配をよそに富岡が口を開く気配はなかった。

「他にどういうお話をされました？」

「今日は大阪に宿泊するのかと聞かれたくらいです」

食事に誘われたことは割愛《かつあい》してかまわないだろう、社交辞令だったかもしれないし、と田宮はそう答えながら、また富岡をちらと見たが、彼はやはり何も言ってこなかった。

「そうですか。だいたい何分くらいお話しされてましたか？」

「五分くらいだったと思いますが……」

「そうですか」

小池がとったメモを藤本はちらと見下ろしたあと、田宮と富岡に笑顔を向けてきた。

「いやあ、ほんま、長いことお待たせしてもうて、申し訳ありませんでした」

「いえ……」

終わりということか、と田宮はほっと小さく息を吐き出した。別にやましいことはひとつもないのであるが、刑事から事情聴取を受けるなどという非日常的な出来事にはやはり我知らぬうちに緊張していたものと思われる。

「ああ、随分遅くなりましたな。ホテルはどちらです？　小池に送らせましょう」

「とんでもない、お送りいただくなんてそんな……」

申し訳ないです、と固辞する田宮に、藤本は「いやいや」と首を横に振った。

「ちょうど私らも交代なんですわ。こんな遅うまでお引留めしてもうたさかい、ほんまに遠慮なさらんと。なあ、小池」

「ほんま、任せてください。田宮さん」

藤本と小池、二人から『送る送る』攻撃に遭《あ》ってしまっては断りきることもできず、結局田宮と富岡は彼らの好意ある申し出を受けることになった。

「そしたらまたなんぞ思い出さはったことがありましたら、ワシでも小池でもええですさかい、ご連絡いただけると助かります」

「それはもう」

ご連絡します、と田宮は頷きはしたものの、どう考えても事件に関係するようなことを思い出せそうになかった。

小池が先に立ち、四人は連れ立って会議室を出たのだが、ちょうど入れ違いに部屋を使用するらしい刑事たち一行と鉢合わせた。

「藤本さん、お疲れさまです」

先頭の刑事が、最後にドアから出てきた藤本に頭を下げるのに、藤本は「おう」と軽く手を上げて答え、彼らのために閉めかけたドアを大きく開いてやっている。

「それじゃあ、こちらへ」

何げなくその様子を眺めていた田宮だが、二人の刑事と思《おぼ》しき男たちのあとに続いた青年には思わず注目してしまった。

年齢は二十代前半と思われる。紺色《こんいろ》のスーツに白いシャツ、という、典型的なサラリーマンらしい格好をしていた男の容姿は、『典型的』という修飾語からは大きく外れたものだった。まさに美形、と言うに相応《ふさわ》しい顔である。今は血の気を失っているようだが、普段の彼もそれほど血色がいい方ではなさそうだった。長い睫《まつげ》に縁取られた黒目がちの瞳《ひとみ》が印象的なその男の容貌《ようぼう》は女性的ではあったが、どこか凛《りん》とした雰囲気があり、秘書か何かかと田宮は思わずぼうっと男の姿を目で追ってしまっていた。

軽く会釈《えしゃく》をし、部屋の中へと消えた男の姿に、田宮の背後に立っていた富岡も、

「へえ」

と感心したような声を上げ、ドアが閉まるまで見送っていた。

「どないしはりました？　田宮さん」

小池に声をかけられ、田宮は男に見惚《みと》れていた気まずさから、「いえ、なんでも」と首を横に振った。

「あの、今の方は？」

そんな田宮の後ろから、富岡が小池に問いかける。どうやら同じくあの美貌の青年に興味を持ったらしいと田宮が富岡を振り返ると、富岡は少しだけバツの悪そうな顔をし、ぼそり、と田宮が首を傾《かし》げるようなことを言い出した。

「別にそういうんじゃないですから」

「そういう？」

何を言っているのだと問い返した田宮だが、彼の注意は富岡の問いに答える小池へと引き戻された。

「ああ、あれは斉藤社長の秘書です。これから事情聴取した方の名簿を見ていただくことになってまして」

「そうなんですか」

やはり秘書か、と田宮は自分の観察眼に自信を持った。女性的な美貌に凛々《りり》しさを加えていたのは大会社の社長秘書としての責任感だったのだろう。

「男性相手にこないなこと言うんはどうやろ、と思わんでもないですが、ほんま、綺麗《きれい》な人ですな」

「そうですね」

やはりかの秘書の美貌は万人の注意を惹《ひ》くものなのだろう、と田宮は藤本の言葉に相槌を打ったのだが、そのとき、

「いや、田宮さんの方が綺麗でしょう」

「田宮さんかて、綺麗ですよ」

ほぼ同時に富岡と小池の声が廊下に響き渡り、田宮と藤本は驚いて二人の若者を見やった。

「お前、何言ってんだよ」

さすがに小池には注意するのを躊躇《ためら》い、田宮が富岡を睨みつける横で、

「小池、今お前、何言うたん？」

藤本が不思議そうに小池の顔を覗き込む。

「いや、なんでも……」

ぽりぽりと頭をかく小池を富岡はじろり、と一瞥すると田宮の耳に唇を寄せ、小池を指差しながら問いかけてきた。

「ねえ、あの刑事、誰なんです？」

「誰って……小池刑事だよ」

聞こえるって、と田宮は富岡のスーツの袖《そで》を引くと、ぼそぼそと彼の耳元に囁き返す。

「なんで面識あるんです？」

「前に小池さんが東京に出張してきたときに会ったんだよ」

「それは一体どういう事情で？」

「別にどうだっていいだろ」

二人してこそこそと囁き合っているところに藤本が、

「ほな、そろそろまいりましょうか」

と声をかけ、署の出口で藤本と別れたあと田宮と富岡は小池の運転する覆面パトカーで、本日の宿泊ホテルへと向かうことになった。

「ホテルはどちらです？」

「全日空ホテルです」

富岡の答えを聞いて初めて自分の宿泊ホテルを知った田宮は驚いた。

「普通、三井アーバンか中之島インだろ？」

出張で認められている宿泊代は一万円以下であるので、出張者は皆ビジネスホテルを利用する。全日空ホテルなどに泊まれば一人一万円を軽く超してしまうのではないかと眉を顰めた田宮に、

「特別優待券を支社の女性に貰《もら》ったんですよ」

大丈夫です、と富岡は胸を張ってみせた。

「でも……」

「せっかく田宮さんとの初出張ですから。ホテルもいいところを選びたいじゃないですか」

ねえ、とにっこり微笑まれても、『そうだね』とはとても答える気になれたものではない。

「お前、一体何考えてるんだよ……」

呆れ返っている田宮と、

「まあ、いいじゃないですか」

喜色満面というのはこういう顔を言うのだろうというほどに、にやけまくった富岡の様子を、バックミラー越しにちらちらと視線を向け窺う小池が運転する覆面パトカーは、二十分ほどで全日空ホテルへと到着した。

「お手数おかけしました」

ありがとうございます、と田宮が送ってもらった礼を言ったにもかかわらず、小池は何故《なぜ》か車から降り立ち、二人のあとについてきた。

「？」

どうしたのだろうと思いつつも田宮は「チェックインしましょう」と浮かれる富岡に連れられ、フロントへと向かった。

「すみません。T通商の富岡です」

時刻は既に二十一時を回っており、フロントは空《す》いていた。

「腹減りましたね。チェックインしたらどこかにメシ、行きましょう」

「そうだな」

そんな会話を交わしている間にフロント係がパソコンをチェックし、富岡の予約を見つけたようだ。

「富岡雅巳様、本日からのご一泊ですね。二十七階のデラックスツインとなります」

キーを差し出しながら笑顔で告げたフロント係の男に、田宮は驚きのあまり大きな声で問いかけてしまっていた。

「ツインですって？」

「ツイン⁇」

田宮よりはるかに大きな声が背後から響き、その場にいた全員が声の主を——小池刑事を何事かと振り返った。

「はい、ツインのお部屋をご用意しておりますが」

フロント係が戸惑った声を上げる。

「男同士で同じ部屋なんて、ちょっと勘弁してくれよ」

まったくもう、と睨みつけた富岡に、

「ツインしか空《あ》いてなかったんですよ」

涼しい顔でそう返され、田宮は本当か、とフロント係に確認しようとしたのだが、

「すみません、他に部屋は空いとらんのですか」

何故か田宮より早く、しかも凄《すご》い剣幕で小池がフロント係に食って掛かり、田宮を、そして富岡を唖然《あぜん》とさせた。

「こ、小池さん……?」

「ちょっとなんですか、あなた。関係ないでしょう?」

田宮と富岡が慌てる中、

「大変申し訳ありませんが、本日は全館満室でして……」

フロント係は、戸惑いながらも小池にそう言い、頭を下げて寄越した。

「ほらね」

本当でしょう、と胸を張った富岡がどこかほっとした表情であるのを訝《いぶか》りつつも、満室ならば仕方がない、と田宮は諦めたのだが、小池は諦めがつかなかったらしい。

「普通、ホテルいうたら、予備の部屋の一つも用意しとるんやないですか」

尚もフロント係に食って掛かったものだから、田宮は慌てて彼を制した。

「小池さん、もういいですから」

「いや、よくありませんて」

何が気に入らないのか、小池はきっぱりとそう言い切ると、キッと富岡を睨みつけた。

「仕方がないでしょう。もう、部屋はないんですから」

富岡も小池には思うところアリアリのようで、じろり、と凶悪な視線を投げ返す。

「仕方がないことあるかい」

富岡の物言いに小池は相当カチンときたらしい。いきなり内ポケットに手を突っ込んだかと思うと、フロント係に向かって警察手帳を示してみせ、またもその場にいた全員を唖然とさせた。

「ほんまに一部屋も空いとらんのですか」

「職権濫用だ！」

ずい、と身を乗り出しフロント係を睨みつける小池に、富岡がクレームをつける。

「何が職権濫用や」

「普通、警察手帳まで出しますか？　一体なんだってそんなに部屋を別にさせたがるんです」

「そんなん、決まっとるやないけ」

争う声が高くなり、周囲に野次馬たちが集まり始めた。

「ちょっと、いい加減にしろよ」

気づいた田宮が二人を止めようとするのに被《かぶ》せ、フロント係の申し訳なさそうな声が響く。

「大変申し訳ありません。確かに通常は予備の部屋をご用意しておるのですが、たった今ご予約が入りまして……」

「なんやて？」

顔色を変えた小池に反し、富岡は勝ち誇った顔になった。

「あんまり無茶言うもんじゃありませんよ」

さあ、行きましょう、とフロントからキーを受け取り、田宮に笑顔を向けてくる。

「ほんまに部屋はないんですか。その予約、断るわけにはいかんもんかな」

尚《なお》も食い下がろうとする小池に、フロント係は困った、というように肩を竦め、

「実はご同業でして……」

小池の警察手帳を目で示した。

「同業いうたら、警察官でっか？」

「ええ、まあ……」

「警察官の分際で、こないな高級ホテルに泊まるなんて許されへんわ。えええ、断ってかまへん」

「そんな無茶言われましても……」

困り果てるフロント係を見るに見かねた田宮は、野次馬たちの好奇の眼差《まなざ》しを逃れたくもあり、わけもわからず激昂《げっこう》する小池の腕を摑んだ。

「小池さん、もういいですから」

「ええことはないでしょう」

小池の怒りの矛先《ほこさき》は今度は田宮に向いてしまったらしい。

「ほんま田宮さん、少しは危機感ゆうんを持たれた方がええですよ」

「危機感って……」

語気荒く迫ってくる小池に戸惑いの眼差しを向けた田宮の横から、

「何が『危機感』ですか。ほんま、人聞きの悪い」

富岡が割り込み、じろりと小池を睨みつけた。

「うそくさい関西弁、使わんといてや」

「うそくさくて悪かったな」

「まあまあまあ」

余程相性が悪いのか凶悪な顔で睨み合う小池と富岡の間に田宮が慌てて割って入った。と、そのとき、いきなり携帯の着信音が鳴り響き、誰だと皆が周囲を見回す中、バツの悪い顔をした小池が内ポケットから携帯を取り出した。

「はい、もしもし」

『お前、何してんねん。まさかまだホテル、言うんやないやろうな』

少し離れたところにいる田宮の耳にも、小池の携帯の向こうの声は漏れ聞こえてきた。どうやら先ほど別れたばかりの藤本らしい、と思った彼の勘は当たった。

「それが藤本さん、ちょっと取り込み中でして……」

「誰も取り込んでなんかいないよ」

背後でぼそりと富岡が呟いたのを、小池は耳ざとく聞きつけたようだ。

「なんやて?」

気色《けしき》ばんで富岡を睨んだのだが、そのとき電話の向こう、藤本が雷を落とす声が周囲に響き渡った。

『アホ、何が取り込み中や。事件以上に取り込んでるモンがあるなら教えてほしいわ。早う帰ってこんかい!』

「わかりました。すぐ戻ります」

藤本の剣幕には小池も素直にそう答えるしかなかったようだ。電話を切ったあとやれやれ、というように溜め息をついた小池だが、それでも富岡が田宮の背に腕を回し、

「行きましょうか」

にっこり微笑んだのにはまた食って掛かってきた。

「ちょっと待たんかい」

「あれ? 署に戻られるんじゃなかったでしたっけ」

涼しい顔をして答えた富岡に、小池は益々むかついたようで、

「おのれなあ」

今にも胸倉を摑まんばかりの勢いで向かっていったものだから、またも田宮は二人の間に割って入らざるを得なくなった。

「こ、小池さん、今、呼ばれてましたよね?」

「ええ……」

田宮を前にすると、途端に小池がしゅんとなる。その姿を見た富岡の眉間《みけん》にはくっきりと縦皺《たてじわ》が刻まれていったのだが、彼が何を不快に思っているかに田宮が気づく日は多分一生来ないものと思われた。

「本当にお世話になりました。捜査の方、頑張ってください」

笑顔でそう告げられては、小池も引くしかなくなったようだ。

「……ほんま、なんぞありましたら、いつでも携帯鳴らしてくださってかまいませんので」

「……はあ」

一体『なに』があるのだろうと内心首を傾げつつ、田宮は真剣に己を見つめる小池に笑顔で頷いてみせた。

「そしたらまた」

「お疲れさまです」

後ろ髪を引かれているのがあからさまにわかる仕草で、小池がホテルを立ち去ってゆく。

「そしたら田宮さん、僕たちも行きましょう」

「ああ」

やたらと嬉しそうな富岡の顔に一抹の不安を抱《いだ》きつつ、田宮は彼のあとに続いてエレベーターホールへと向かった。

二人の姿がフロントから消えて数分の後、実は小池が未練がましくも再びフロントに現れていた。

「ちょっと」

先ほど応対したフロント係を呼びつける。

「何か」

営業スマイルを浮かべながらも、何事かと不審がっているのがありありとわかるフロント係に小池は近く顔を寄せ、こそりと囁いた。

「警察関係者の予約が急遽《きゅうきょ》入った、いう話やったけどな、名前を教えてもらえへんやろか」

「……はあ……」

どうしようかと迷っているフロント係に、小池の説得は続く。

「かまへん。同業や。他所《よそ》に漏らすことはないよって」

急な出張者と聞き、もしや今回の事件に関係あるのではないかと思いついた、というのが半分、結局田宮と富岡とかいう若造を同室にすることになった原因を作った人物が誰だか知りたかったという鬱憤《うっぷん》晴らしが半分の行動ではあったのだが、フロント係が仕方なさそうに示してみせた宿泊者の名を見て、小池は思わぬ偶然に目を見開いた。

「ほんまか？　ほんま、この人が来るんか？」

「本当も何も……」

嘘をつくわけがない、とさすがに憮然としたフロント係に、

「かんにんかんにん」

小池は笑顔で謝ると、伝言を残してもらえないかと告げた。

「ほんま、『事実は小説よりも奇なり』やな」

ほな頼むわ、とフロント係にメモを渡し、ホテルを出ながら小池は思いもかけない名と再会した感慨に耽りつつ、署へと戻ったのだった。


一方田宮と富岡は、館内のレストランで食事をすませ、部屋に戻ったあと順番に風呂に入るところだった。

「田宮さん、どうぞ先使ってください」

「いや、お前先でいいよ」

「なんなら一緒でもいいんですが」

「……お前が先に入れ」

そんな会話が繰り広げられたあと、結局先に富岡が入り、続いて田宮がシャワーを使って浴室を出た。

出張の際は勿論、寝巻きなど持ってくるわけもなく、ホテルに備え付けの浴衣《ゆかた》姿となった田宮を見て、同じく浴衣姿の富岡が、にへら、と相好を崩す。

「いやあ、やっぱり浴衣って色っぽいですねえ」

「………どこがだ」

ぺらりとしたこの浴衣のどこに色気があるんだと呆れてみせた田宮に富岡は、

「まずは風呂上りの一杯」

と冷蔵庫から取り出した缶ビールを差し出してきた。

「サンクス」

喉が渇いていたこともあり、田宮は素直に受け取ると、申し訳程度に置かれている応接セットの一人掛けのソファに座りプルトップを上げた。

「しかし酷《ひど》い目に遭いましたねえ」

富岡も向かいの席へと腰掛け、ビールに口をつける。

「酷い目って言うか……本当に驚いたよな」

「一体誰があんなに人目につくところで、人殺しなんてしようと思ったんでしょう」

「さあ……結局事情聴取されただけで、殺された時間も状況も聞けなかったしなあ」

会話はやはり、といおうか、彼らが巻き込まれることになった殺人事件についてだった。

「しかしお前、大人しかったよな。てっきり口出ししてくるかと思ったけど」

ぐびり、とビールをひと口飲みながら田宮がそう言うのに、

「下手なこと言ったら、色々面倒に巻き込まれそうでしたからね」

富岡もぐびりとビールを飲み、肩を竦めてみせた。

「下手なこと？」

「ええ、田宮さんが色目を使われた、なんて言おうものなら、あることないこと根掘り葉掘り聞かれるに決まってますから。あと何時間警察に身柄を拘束されたかわかったもんじゃない」

「色目って、あのねえ」

呆れた声を上げた田宮に富岡は、

「警察に協力するのは市民の義務ではありますが、僕たちはどう考えても事件には無関係ですからね。いらんことは喋らなくていいか、と思ったんですよ」

ね、とまたうそくさい関西弁を使い片目を瞑《つむ》ってみせた。

「……まあ、無関係だけどさ」

「でしょ？　それに警察に拘束される時間が長ければ長いだけ、こうして二人で過ごす時間が短くなっちゃうじゃないですか」

次のビールを開けた頃から、富岡の口調にどこか甘えた調子が表れ始めた。

「何が二人の時間だよ」

「だってそうでしょ？　こうして田宮さんと飲むのも、久しぶりじゃあないですか」

富岡は早くも酔ったのか——田宮がシャワーを浴びている間に既に一缶、彼はビールを飲みきっていたようだった——潤《うる》んだ瞳をやたらと煌《きらめ》かせながら田宮へと身を乗り出してくる。

「そうだな。お前も俺も、この展示会の準備で忙しかったし」

「……その上田宮さん、残業ない日は速攻家に帰ってしまいますしね」

ちら、と恨みがましい視線を向けてくる富岡に、

「当然だろ」

田宮はあくまでも淡々と答え、ビールを一気に呷《あお》った。

「さて、そろそろ寝るか」

明日もあるし、と立ち上がった田宮の手を富岡が摑む。

「おい？」

「田宮さん……」

そのまま腕を引かれて富岡の胸に倒れ込みそうになり、田宮は慌てて彼の手を振り解こうとした。

「よせよ」

「田宮さん、好きなんです」

腕力では体育会庭球部の富岡がサークル出身の田宮に勝った。体格もひと回りほど彼の方

がよい。

「放せって」

強引に抱き寄せようとするのを田宮が胸を押しやって抵抗し、暫《しば》し無言のせめぎ合いが続いた。

「わっ」

揉《も》み合っているうちにバランスを失った田宮の身体を富岡は背後にあったベッドへと押し倒し、上に伸《の》し掛かってきた。

「おい、冗談はよせ」

さすがに洒落《しゃれ》にならないと田宮が睨み上げるのに、

「冗談なんかじゃないですよ」

相変わらず瞳を輝かせた富岡が熱く囁きかけてくる。

「我慢しようと思ったんです。でも浴衣の襟元《えりもと》から覗く田宮さんの細い首やら、白い胸やら、裾からちらっと覗く綺麗な脚やらを見てるうちに、欲情してきてしまって……」

「馬鹿っ！　何が欲情だっ」

放せ、と暴れる田宮の身体を体重で押さえ込んだ富岡が、ゆっくりと顔を近づけてくる。

「本当に好きなんです……」

真摯《しんし》な口調でそう告げたあと、

「よせって‼　いい加減にしろっ」

抵抗を続ける田宮の唇を富岡が強引に塞ごうとしたそのとき――。


ピンポンピンポンピンポンピンポンピンポーン

室内にこれでもかというほどチャイムの音が鳴り響き、富岡も、そして田宮も今の状態を忘れ、何事かと思わず顔を見合わせた。

「悪戯《いたずら》でしょうか？」

「部屋間違いかな」

素で会話をしてしまったあと、はっと我に返った田宮が慌てて富岡を押しやり、彼の身体の下から逃れた。その間にも「ピンポンピンポン」というチャイム音はずっと響き続けている。

「誰だ？」

襟元を整えドアへと向かおうとする田宮の前に富岡の背中が立ち塞がった。

「僕が見てきますから」

危ない人かもしれないし、と言う富岡に、危ないのはお前だ、と言い返したいのをぐっと堪《こら》え、田宮は富岡のあとに続いてドアへと向かった。

「どちら様ですか?」

問いかけながら覗き穴を覗いた富岡が、

「え?」

と戸惑った声を上げる。

「なに?」

どうしたんだと背伸びをして富岡の肩越しにドアを見やった田宮の耳に、あまりに聞き覚えのある声が響いてきた。

「ごろちゃん、僕や」

「良平《りょうへい》??」

どうして、という思いのままに田宮が富岡を押しのけ、ドアを大きく開く。

「良平!」

「や」

ドアの外、大きく両手を広げていたのは高梨良平——警視庁捜査一課の警視であり、田宮が想ってやまない愛しい恋人でもあった。

田宮と高梨の出会いは今から一年ほど前に溯《さかのぼ》る。田宮の周囲で起こった殺人事件の捜査を担当したのがこの高梨で、犯人の策略により容疑者とされた田宮の無実を一人信じてくれた彼の尽力のおかげで無事事件は解決したのだった。

出会ったときからお互いに惹かれるものがあった二人はすぐに恋人同士になり、今、高梨は田宮のアパートに転がり込んでほぼ同居という毎日を送っている。

この高梨、三十一歳の若さで警視というポジションにいることからもわかるとおり、警察官としてはかなりの切れ者である。最高学府出身のキャリアだが、仕事ができるだけではなく人望も厚く、将来警察機構を背負って立つ人物になり得べしという評判の高い刑事なのだった。

「良平、一体どうしたんだ?」

いつまでもドアの前にいることはない、と高梨を中へと招き入れたあと、田宮は突然の来訪の理由を彼に問うた。

「なに、今フロントでメッセージを受け取ったさかいな」

「メッセージ?」

誰からだ、と首を傾げた田宮に高梨が「ほれ」とメモを差し出した。

「小池さん?」

「ええ?」

田宮が驚きの声を上げながら受け取ったそのメモを、すっかり置いていかれたようになっていた富岡が手を伸ばして奪い取った。

「おい」

「『2708号室に田宮さんが泊まってます。小池』……あの野郎……」

驚く田宮の横でメモを読み上げた富岡が忌々《いまいま》しげに呟く声と、わざとらしいくらいに明るい高梨の声が重なった。

「ええと確か、富岡さんでしたな。ご無沙汰しまして、高梨です」

にっこりと見惚れるような微笑を浮かべた高梨が、富岡に向かって右手を差し出す。

「確か高梨警視でしたか。こちらこそご無沙汰しまして。ご出張ですか？」

負けじとにっこりと、これまた見惚れるような微笑を浮かべた富岡が、田宮から奪い取ったメモをぐしゃり、と手の中で握りつぶしたあと、ぽいとそれを後ろに放り投げ、高梨の手を握り返した。

「ええ、出張です。富岡さんもご出張で？」

「ええ、『田宮さん』と『二人で』参加する展示会がありましてね。今回初めての『二人の』共同作業となったんですが、いやあ、本当にやりがいがありますよ」

やたらと『田宮さん』やら『二人』を強調する富岡に、高梨の額に浮いた筋がぴくぴくと痙攣《けいれん》している。

「さいでっか。そこいくと僕らは、毎晩『二人の』共同作業をしとりますから。なあ、ごろちゃん」

笑顔はそのままに、ぎゅうっと富岡の手を握る手に力を込めた高梨の言葉に、今度は富岡

の額に浮いた血管がぴくぴくと激しく痙攣した。

「以前も思いましたが、やっぱり男は三十過ぎるとやたらとオヤジくさくなりますね。オヤジギャグ、少しも笑えませんよ」

「ああ、富岡さんはお若いですからな。僕もごろちゃんももう、すっかりオヤジですわ。同世代やからほんまに話もよう合います。話だけやなくて身体の相性もぴったりでねえ」

「ああ、やっぱりオヤジだなあっ」

「良平、何言ってんだよっ」

ぎゅうっと握り合っていた手の痛みが限界に達したのか、富岡が高梨の手を振り解いて叫んだ横で、田宮が呆れた声を出す。

「富岡もいい加減にしろよ？　何が共同作業だよ」

まったく、と振り返って富岡を睨みつけた田宮の肩を、高梨がぽん、と叩いた。

「ところでごろちゃん、部屋、ツインなんやて？」

「見りゃわかんでしょ」

田宮が答える前に富岡が高梨の問いに悪態で答えた。

「富岡」

じろり、と彼を睨みつける田宮の顔を、高梨がにこにこしながら覗き込んでくる。

「僕の部屋もツインなんよ」

「そうなんだ」

へえ、と目を見開いた田宮に、高梨は相変わらずにこやかな笑顔のまま、

「一緒に泊まらへん？」

断られることをまったく想定していない様子でそう尋ねた。

「うん！」

「田宮さん……」

田宮が心底嬉しそうな顔で頷く姿に、富岡が心底切なそうな顔になる。

「せっかく手配してくれたのに悪いな。また明日、チェックアウトのときにな」

八時でいいかなと問いかけながら田宮は手早く荷物をまとめ始めたが、富岡には返事をする気力もないようだった。

「浴衣のままでいいかな」

「ええんちゃう？　同じフロアやし」

「あ、そうなんだ」

思わぬ再会に浮かれる田宮と高梨は、二人顔を見合わせ笑い合うと、呆然《ぼうぜん》と立ち尽くす富岡に笑顔で手を振った。

「それじゃあ、また明日な」

「ほな、富岡さんもええ夢を」

「……おやすみなさい……」

悪態をつく元気もないのか、力なく告げた富岡の声は閉まるドアに遮られ、二人の耳には届かなかったようだ。

「……こんなはずじゃあなかったのに……」

切ない富岡の声が広いツインに響き渡る。勿論その声も、熱い夜を過ごすべく一路高梨の部屋へと急ぐ二人には、届くわけもなかった。

3

高梨の部屋は富岡が予約したタイプと一緒のデラックスツインだった。

「だけど、本当にびっくりしたよ」

「僕も。ほんまびっくりしたわ」

部屋に入った途端、高梨は田宮の腕を引いてベッドに向かい、ドサリ、と二人抱き合いながらシーツの上に倒れ込んだ。

「……運命感じたわ」

「俺も」

微笑み合いながら互いに唇を寄せてゆく。

「……ん……」

貪《むさぼ》るようなくちづけを交わしながら、高梨の手が田宮の浴衣の帯を解き、前を開いて裸の胸を撫《な》で回す。びく、と身体を震わせながらも田宮も手を伸ばして高梨のタイを解き、シャツのボタンを外し始めた。

「……待っとって」

気づいた高梨が田宮の上から起き上がり、素早く服を脱ぎ始める。その間に田宮も起き上がって浴衣を脱ぎ、続いてトランクスも脱ぎ捨てて全裸になった。

「……ごろちゃん……」

やはり全裸になった高梨が田宮に再び覆《おお》いかぶさってくる。首筋に唇を寄せ、胸に掌を這《は》わせながら、高梨が思い出したように田宮の耳に囁いてきた。

「……大丈夫やった？」

「なにが？」

そんな高梨の背に両手を回してぐいっと己の方へと引き寄せ、田宮が掠《かす》れた声で問い返す。

「なんも、エッチなことされへんかった？」

言いながら高梨が田宮の胸の突起を擦《こす》り上げたのに、田宮の身体はびくっと震え、高梨の背を抱く腕に力がこもった。

「うん」

身の危険は感じないでもなかったが、今はこうして無事高梨の腕に抱かれているのだから敢《あ》えて蒸し返すこともないだろうと思いつつ、田宮はそう頷くと、また高梨の背を抱く手に力を込めた。

「なんや、ごろちゃん、待ちきれへんの？」

にやり、と笑った高梨が、二人の身体の間で既に熱を孕《はら》んでいる田宮の雄を見下ろしてくる。

「……馬鹿」

照れて高梨の肩に顔を埋《うず》めた田宮の耳元に高梨の囁く声が熱く響いた。

「僕ももう、こないになってもうてるわ」

ほら、と高梨が己の背から田宮の片腕を解かせると、その手を彼自身へと導いてゆく。

「…………」

触るまでもなく彼の雄が既に勃ちかけていたことはわかっていたが、田宮はそれを愛しげに握り込むとそっと扱《しご》き上げ始めた。

「ごろちゃん……」

「……待ちきれないから」

田宮のいつにない積極的な言葉と態度は、彼自身、意識はしていないのかもしれないが、知らなかったこととはいえ、富岡と一つ部屋に泊まることになりかねなかったのを、高梨に対して申し訳なく思っていたからかもしれなかった。

「……ごろちゃん……」

一瞬呆然とした高梨だったが、すぐに目を細めて微笑むと、田宮の手に雄を預けたまま彼の胸にむしゃぶりついてきた。

「……あっ……」

勃ちかけていた胸の突起を吸い上げ、舌先でこねくりまわすように愛撫《あいぶ》する。もう片方の胸を掌で撫で上げ、時に指先で摘《つま》み上げるのに、田宮の息はあっという間に上がり始めた。

「あっ……はぁっ……あっ……」

高梨を握る手が止まりがちになり、それこそ『待ちきれない』ように田宮の腰が揺れ始める。高梨は目を上げそんな田宮に微笑みかけると、彼の両脚を摑んで大きく開かせた。

「あっ……」

「すぐ挿れてもええ？」

上擦《うわず》った声で尋ねる高梨に、田宮がこくん、と小さく頷いてみせる。それなら、とばかりに高梨は田宮の腰を高く上げさせ、身体を二つ折りにした。煌々《こうこう》と灯りのつく下《もと》、恥部を晒《さら》される羞恥《しゅうち》に頰《ほお》を染めた田宮を、益々恥じらわせるようなことを高梨は言い始めた。

「ごろちゃんが触ってくれたおかげでビンビンや。もう今夜は寝させへんで」

「……オヤジ……」

ぼそりと呟いた田宮だが、高梨がその『ビンビン』な雄の先端を後孔《こうこう》に擦《こす》り付けると、びく、と身体を震わせ息を吞《の》んだ。

「待ちきれへん？」

「……エロオヤジ」

ふふ、と笑いながらも高梨は尚も田宮を焦《じ》らそうと、数回後ろを擦り上げる。そのたびに

びくびくと身体が震えるのをごまかすように、田宮が恨みがましく睨み上げてきたのに、

「うそうそ」

かんにん、と高梨は笑うと、ひくつくそこにずぶり、と先端を挿入させてきた。

「……あっ……」

一気に奥まで貫《つらぬ》かれ、田宮の背がシーツの上で跳ね上がる。そのまま激しい律動を始めた高梨に、田宮の唇からは抑えられない高い声が漏れていった。

「あっ……はぁっ……あっ……あっ……あっ」

一気に快楽の頂点まで導かれた田宮が、髪を振り乱し、シーツの上で身悶《みもだ》える。白い裸体が卑猥《ひわい》にうねるさまに益々高梨の劣情は煽られるようで、田宮の脚を抱え直して更に高く腰を上げさせると、いっそう速く腰を前後していった。

「あぁっ……あっ……あっあっあっ」

二人の腹の間では田宮の雄が勃ちきり、先走りの液を己の腹に擦り付けている。今にも爆発しそうなそれに、田宮の片脚を離した高梨の手が伸び扱き上げた次の瞬間には田宮は達し、白濁した液を高梨の手の中に飛ばしていた。

「……ごめ……っ」

早すぎる射精を詫びる田宮に、高梨はかまわない、というように笑ってみせると、ゆっくりと田宮を突き上げ始める。

「……ぁっ……」

再び灯り始めた欲情の焔《ほむら》が、田宮の汗ばむ身体に熱を与えてゆく。またも息が上がってゆく華奢《きゃしゃ》な身体を、高梨の猛る雄は突き上げ続け、その夜遅くまで二人の身体のぶつかる音がホテルの部屋に響き渡った。

翌朝、七時にホテルを出るという高梨に合わせ二人はルームサービスで朝食をとることにした。

「へえ、ごろちゃんも環境展に出展しとるんか」

「ってことは？」

昨夜は会話も惜しんで行為に耽ってしまった彼らは、朝になりようやくお互いの大阪での予定を説明し合ったのだが、高梨の来阪の目的が自分の巻き込まれた例の斉藤殺しだと聞き、田宮は驚きの声を上げた。

「でもどうして良平が？」

大阪で起こった事件であるのにと問いかけた田宮に、

「実はな」

高梨は簡単に事情を説明してくれた。

「先週、あの斉藤社長から、脅迫状が送られてきたいう届け出が新宿署にあったんよ。届け出たんは奥さんやったんやけどな」

「脅迫状？」

あまり詳しい話を聞くのは悪いかと思いつつ、興味を覚えた田宮が問い返したのに、高梨は言いよどむことなく内容を説明してくれた。

「斉藤社長の過去の悪行に恨みを持ってるゆう匿名《とくめい》の人物からの脅迫状で『殺してやる』て物騒な言葉も書いてあったさかい、身辺警護にあたらななららん、思うてた矢先に殺されてもうたんよ」

「……そうか……」

高梨の悔しげな表情を前に、田宮は相槌の打ちようがなく頷いた。もしも犯人がその脅迫状の主であったとしたら、みすみす殺されてしまったことになる高梨たち警察への世間の風当たりは強いだろう。事件解決までいつも以上に、体力的にも精神的にも辛《つら》い日々が続くのではないかと思い唇を噛《か》んだ田宮の胸中を察したのか、高梨はふっと表情を和《やわ》らげると、

「そないなわけで出張してきたんよ。午後にはサメちゃんも来るで」

明るい口調でそう話を締め括《くく》った。

「サメさん？」

「脅迫状が届いたんが新宿署やったからね」

サメちゃん――新宿署の納《おさめ》刑事の愛称である。高梨とは昔馴染《なじ》みの気心の知れた間柄で、田宮とも面識があり、田宮自身は気づいていないが納は田宮のファンなのだった。

「また暫《しばら》く家には戻られへんかもしれんけど、かんにんな」

「……頑張ってな」

何か気の利いたことを言いたいと思いつつも、結局はありきたりの激励の言葉しか思いつかない歯痒《はがゆ》さに田宮は唇を嚙んだ。

「……おおきに」

高梨はまたも田宮の想いを察したようで、にっこりと目を細めて微笑むと、テーブル越し、田宮の頭をぽん、と叩いた。

「ところでごろちゃん、なんで小池さんは僕にメッセージを残してくれはったん?」

田宮の淹《い》れたコーヒーのお代わりを飲みながら、高梨が思いついたように問いかけてきた。眉間に微《かす》かに縦皺が寄っているのは、もしやまた事件に巻き込まれたのではと案じてくれているかららしい。

「実は……」

高梨が案じたとおり、巻き込まれてしまった経緯を田宮は簡単に説明した。

「斉藤社長が絶命したときに、胸ポケットに俺が交換した名刺があったんだって」

「……これは別に取り調べでもなんでもないんやけど」

前置きをする高梨に、

「別に気にしてないよ」

田宮は笑顔で答えると、「なんでも聞いてよ」と高梨を真っ直ぐに見つめた。

「おおきに」

高梨はまた微笑むと、田宮の好意に甘えて質問を始めた。

「斉藤社長とは昨日が初対面やったんよね」

「うん。俺たちの出展ブースに来てくれたんだ」

「どないな話をしたんかな」

「製品の説明と、それから……」

田宮はここで、府警には話さなかった、被害者から食事に誘われたことを打ち明ける決心をした。事件解決には何がヒントになるかわからない。高梨の真摯な眼差しを目の前に、隠し立てをすることはよくない、と改めて思ったからである。

「……今日、大阪に泊まるのかと聞かれて、泊まると答えたら食事に誘われたんだ」

「食事？」

田宮の話は高梨の想定外だったようで、酷く驚いた顔になったあと突っ込んだ質問をしてきた。

「昨日が初対面やったんよね。その斉藤エンジニアリングいうんは、重要な取引先なんか?」

「初対面だったし、ビジネス上で取引関係はないよ。あの会社は三友商事と独占販売契約を結んでいるそうだから、今後も取引先になることはないと思う」

「……なのに食事に誘われた、な……」

うーん、と高梨は難しい顔で腕組みをし、暫く何かを考えていたが、

「良平?」

黙り込んだ彼を心配した田宮に問いかけられ、笑顔になった。

「ありがとな」

「いや、何か役に立てばいいんだけど……」

とても役に立つとは思えない、と思うだけに田宮が自信なく俯《うつむ》いたのに、

「えらい助かったで」

おおきに、と高梨は笑顔で田宮に礼を言ったあと、「せや」とまた何かを思いついた顔になった。

「なに?」

「ごろちゃん、この斉藤エンジニアリングいう会社には詳しいんか?」

「いや、名前くらいしか知らないけど……なんで?」

「独占販売契約を締結しとる、うんぬん言うとったから」

「ああ、それは富岡が……」

「富岡君が？」

へえ、と感心してみせた高梨は、続く田宮の言葉に益々「へえ」と感嘆の声を漏らした。

「富岡が言ってたんだ。斉藤エンジニアリングは半導体メーカーで、機械ものを扱ってるうちの部の取引先とはまるで畑違いのメーカーなんだけど、富岡は世情に聡《さと》いもんで、そんな情報を持ってたみたいだ」

「なんや、優秀な子やねえ」

「うん。今にも追い越されそうな気がするよ」

もう追い越されてるかも、と肩を竦めた田宮に、

「そないなことないやろ」

高梨は笑うと、そろそろ時間だと立ち上がった。

「いろいろありがとな」

「何もしてないけど」

田宮も立ち上がり、テーブルを回り込むと高梨に導かれるままに彼の胸へと身体を寄せる。

「それじゃ、いってきます」

「いってらっしゃい」

恒例の『いってらっしゃいのチュウ』――『おはようのチュウ』『おやすみのチュウ』『い

ただきますのチュウ』『ごちそうさまのチュウ』などなど、挨拶のたびにキスを交わすのを常としている彼らは未だアツアツの新婚さんのような日々を送っているのだった——のあと、高梨は先に部屋を出、その一時間後に田宮も支度をすませて富岡と待ち合わせたロビーへと向かった。

「おはようございます」

富岡は既にチェックアウトをすませ、田宮が来るのを待っていた。

「悪い」

「いえ……」

礼代わりの謝罪をした田宮に、富岡は首を横に振りつつも恨みがましい視線を向けてきた。

「なんだよ」

「……田宮さん、あんまり寝てなさそうですね」

ぼそり、と告げられた意味深な言葉に、田宮の頬にかあっと血が上ってゆく。

「馬鹿、行くぞ」

まさに『あまり寝ていない』状態だった田宮は乱暴にそう言い捨てると、先に立って歩き始めた。

「はあ……」

大きく溜め息をついた富岡が彼のあとに続く。

「しかしこんな偶然、あるんですねえ」

会場へと向かう地下鉄の中、悔しげな口調で言い出した富岡が、

「まさか、と思うけど、昨日の事件のために出張してきたんじゃないでしょうね?」

ちら、と田宮を上目遣いで見やりながらそう尋ねてきた。

「その『まさか』だよ」

「へえ、しかしなんで警視庁の——東京の刑事が大阪での事件に出張ってきたんです? しかもこんなに早いタイミングで……」

好奇心に目を輝かせる富岡に、どこまで説明したらいいかわからず田宮は言葉を濁したのだが、会場に着くまで富岡は「教えてくださいよ」と田宮に付きまとい辟易とさせたのだった。

展示会二日目は、前日の殺人事件の影響を受けてか客の出足は悪く、ながらの会場内に警察官の姿ばかりが目立つ、という景気の悪いものになった。来場を取りやめた出展会社も結構あった中、社長を殺害された斉藤エンジニアリングはしっかり参加していた、と退屈を持て余し会場を一周してきた富岡が田宮に教えてくれた。

「昨日署で会った秘書という男が来てましたよ」

「へえ」

田宮の脳裏に府警で見た、美貌の男の顔が浮かんだ。

「しかし斉藤エンジニアリングこそ、参加を取りやめそうですのにねえ」

富岡が溜め息をつくのに相槌を打とうとした田宮の目が、遠くから笑顔で手を振ってくる彼の——高梨の姿を捉えた。

「良平！」

思わず立ち上がり、大声を上げた田宮の視線の先を富岡も追い、

「ああ……」

あからさまに嫌な顔をしてみせる。

「探したわ。ここがごろちゃんのブースやったんやね」

にこにこ笑いながら話しかけてきた高梨の後ろには、藤本と小池が控えていた。

「昨日はえらい遅うまですみませんでしたな」

人のよさそうな笑顔を向けてくる藤本に、

「こちらこそ、ホテルまで送ってくださりありがとうございました」

田宮は丁寧に頭を下げ、小池にも礼を言った。

「しかし今日は会場全体、閑古鳥《かんこどり》が鳴いとりますな。昨日の事件の影響やろか」

藤本がぐるりと周囲を見渡す。

「ええ、出展している社でも今日は来ていないところがかなりあるようですね」

現に隣のブースも向かいのブースも無人である。田宮はそれを目で示しながら相槌を打っ

た。

「ほんまや。まあ、これだけお客さんの数が少ないと、意味がない思うたのかもしれませんな」

なるほど、と藤本が頷くのに、

「なのに、当の斉藤エンジニアリングがきっちり参加しているというのもね……」

今見てきたばかりだからだろう、富岡がぼそり、と口を挟み、その場にいた皆の注目を集めた。

「富岡さんでしたな。あなた、わざわざ見にいらしたんですか」

「ええ、好奇心で……昨日署で会った秘書と、四、五名の社員が接客していましたよ」

「好奇心ねえ」

小池があからさまに嫌な顔をしてみせたのを、藤本は「まあまあ」と制すると、

「確かに、一番先に不参加を決めてもおかしくはありませんな」

富岡に笑顔を向け、「ワシらも様子を見に行きますか」と高梨に声をかけた。

「それじゃあ、ほんまに昨日はどうもありがとうございました」

「いえ……」

会釈をした田宮に高梨が「あとでな」と唇を動かし片手を上げる。

「頑張ってください」

また『頑張って』だ、と思いつつ田宮も手を振り返し、府警の二人には頭を下げた。

「朝刊には、犯人の目星がついているというようには出てなかったですねえ」

富岡に声をかけられ、田宮は彼へと視線を戻す。

「そうなんだ」

「田宮さん、朝刊読む暇もなかったんですか」

またも恨みがましい視線を向けてくる富岡を適当にいなしたあと、田宮は次第に遠ざかってゆく高梨の後ろ姿へと目をやり、益々富岡の恨みがましい視線を浴びることになった。


「どうしました？　藤本さん」

斉藤エンジニアリングのブースへと向かう最中、黙り込んでしまった藤本を訝り、小池が声をかけた。

「うーん、実は昨夜からずっと気になっとることがあってな」

「なんですの」

問いかける高梨の横から、小池が心底憤っている声を出した。

「ああ、あの富岡いう男でしょう。ほんまあいつ、生意気ですなあ」

「あほ、そんなんちゃうわ」

藤本がぴしゃりと小池に言い捨て、また考え込むような素振りをする。

「どないしはりました。事件のことですか？」

「うーん」

高梨の再度の問いに、藤本は考え考え、答え始めた。

「斉藤社長の秘書——水原《みずはら》さん言うんやけどな、彼にどうも見覚えがあるような気がしてなりませんのや」

「秘書ってあの、超美形ですか」

「超美形？」

小池の相槌を高梨が問い質《ただ》す。

「男にしとくのは勿体《もったい》ないくらいの綺麗な顔をしとる若い男なんですが、昨日府警で見たときから、どこぞで会ったような気がしましてなあ」

「水原秋彦《あきひこ》、二十五歳、成城大学出身で卒業後斉藤エンジニアリングに入社。当初営業に配属されていたのを斉藤社長のお眼鏡《めがね》にかなって昨年、社長秘書に抜擢《ばってき》、社長の信頼は厚く社内では誰より社長のことを把握している……」

「高梨さん、お詳しいですな」

滔々《とうとう》と秘書のプロフィールを話し始めた高梨に、藤本と小池は驚きの目を向けた。

「実は斉藤社長への脅迫状を警察に届け出たんが社長の奥さんと彼やったんですよ。それで一応社長との関係やら、本人の出身やらを調べたんですわ」

頷いた高梨に、小池が言いにくそうにしながらも口を開いた。

「こういう言い方するんはどないや思わんでもないですが、脅迫状が届いとったのに身辺警護にまったく気ぃ配らんかったいうのは、高梨さんにしては手落ちやないですか」

「こら、小池」

慌てた声を出した藤本を、高梨は笑顔で制したあと真面目な顔でこう告げた。

「いや、まったく小池さんの仰《おっしゃ》るとおりです。後悔してもしきれませんわ」

「まあ脅迫状は悪戯が殆《ほとん》ど、言いますからなあ」

フォローを入れる藤本に、「すんません」と高梨は頭を下げる。

「今回悪戯いう可能性が高いというんが署の見解やったんやけど、命の危険を匂わす記載がありましたさかい、警護にはあたろういう話にはなっとったんです。けどそれに斉藤社長本人から待ったがかかりましてな」

「斉藤社長本人から？」

「なんででっか？」

小池と藤本が驚いて問いかけてくるのに、

「それがよう、僕らにもわからんのですわ」

高梨も首を傾げつつ、話を続けた。

「届け出されてすぐ、斉藤社長から届けを取り消す、いう連絡が入ったんですわ。どうも奥さんと秘書は社長の許可なく警察に脅迫状を持ち込まはったみたいで……こない悪戯を警察に届けるとはみっともない、企業イメージも下がる、とえらい剣幕でまくし立ててきましてな、警護をつけるいうこちらの申し出も『いらん』と突っぱねはったんですわ」

「脅迫状の文言が『過去の悪行』云々《うんぬん》でしたな。確かに企業イメージにええとは言えませんが、命を狙われとるほうが気になるんが人の常やと思うんやけどねぇ」

うーん、と同じく首を傾げる藤本に、

「ほんまそうですわ」

高梨も頷いたあと、「まあ、この先は僕の勘なんやけど」と少し照れたような顔で言葉を続けた。

「斉藤エンジニアリングは創業が今から十五年前、新技術を導入した画期的な新製品で一躍業界の注目を集めたあとは、かなり強引な手法で伸し上がってきたいう評判を聞いてます。『悪行』というに相応しい所業を斉藤社長は実際やってきたんやないか――それこそ、警察に感づかれたらマズい、いう後ろ暗いところがあったさかい、届け出を取り消したんやないかと僕は考えてます」

「痛くもない腹を探られるのも充分不快だが、実際『痛い腹』を抱えとったら、警察の介入を避けたいいう気持ちはわかりますね」

なるほど、と頷いた小池は、「ねえ」と傍《かたわ》らの藤本を見やったが、藤本は何か考え事をしていたようで、

「あ、ああ」

胡乱《うろん》な相槌を打ち、小池を、そして高梨を訝らせた。

「どないしたんです、藤本さん。さっきからずっとぼんやりして……」

珍しいやないですか、と小池が問うのに「悪いな」と軽く頭を下げたあと、藤本は改めて高梨に真剣な目で問いかけてきた。

「斉藤エンジニアリングの創設は今から十五年前、言わはりましたな」

「ええ、創業十五周年記念式典が、来月ウォーターフロントのホテルで開催される予定でした」

「半導体の会社でしたな。画期的な新製品いうんは、ライトやら何やらに使う、Lなんとか、いうんやないですかな」

「なんとかばっかりじゃわからんですよ」

笑う小池の横で、高梨の表情にさっと緊張が走った。

「ええ、ＬＥＤ《発光ダイオード》です。最近では信号機に使われ始めたいう、あれですわ」

「……やっぱり……」

藤本の人のよさそうな顔からはすっかり血の気が引けていた。

「藤本さん?」

どうしたのだと問いかける小池には答えず、藤本がまた高梨に問うてくる。

「……斉藤社長ですが、出身はもしや大阪やないですか?」

「わかりません。本籍は東京ですが、もしかしたら結婚した際に移したんかもしれません」

「そしたら秘書の水原さんはどないでっしゃろ。大阪やないですかな」

「……藤本さん?」

藤本の緊張が高梨には随分前から伝わっていたようだった。不審げに問い返しはしたものの、

「……こちらも今は本籍地は東京です」

静かにそう答え、藤本が口を開くのを待った。

「斉藤社長が起業する前の経歴、お調べになりましたか」

「いや、特には……捜査に入るより前に届け出を取り消されましたもので」

「秘書の水原はどないでしょう。ほんまに東京出身なんですか」

「藤本さん、なんぞ心当たりでもあるんですか」

少しも話が見えないことに焦れた小池が横から口を挟んできたのに、

「ああ……」

藤本は呆然、としかいえない顔になり、その場で頭を抱えてしまった。

「ど、どないしはりました？」

「藤本さん？」

高梨と小池が驚き、両側から藤本の顔を覗き込む。

「なんで……なんで思い出さんかったんか……」

「ええ？」

押し殺した声で呟く藤本の声を聞こうと高梨が更に顔を覗き込んだとき、藤本ははっとしたように顔を上げ、高梨の腕を摑んだ。

「いかん、急ぎましょう」

「えっ？」

いきなり駆け出した藤本のあとを、慌てて高梨と小池が追う。

「ほんまにどないしはったんです」

すぐに追いついた小池が横に並び、問いかけた。

「ええから！　斉藤エンジニアリングのブース行って、秘書の水原を引き留めといてくれ」

「え？」

息を切らせながらの藤本の言葉に、小池は戸惑った顔になったが、すぐに「わかりました」

と頷くとそのまま藤本を追い越し、全力疾走していった。

「藤本さん、どういうことです」

部下を先に行かせたことで安堵《あんど》したのか、歩調が弱まった藤本の腕を高梨が掴み、彼のいきなりの行動の理由を聞いた。

「……ほんま、情けない話ですわ」

はあはあと息を乱し、額から噴《ふ》き出す汗を拭いながら、藤本がぼそりと呟く。

「さっき秘書に見覚えがある、言うとりましたが、思い出さはったんですか」

高梨の問いかけに藤本が力なく「ええ」と頷いたそのとき、今、走っていったばかりの小池が物凄い形相《ぎょうそう》で引き返してくる姿が高梨と藤本の視界に飛び込んできた。

「大変です！　秘書の水原の姿が消えました」

「なんやて？」

大声を出す藤本と小池に、数少ない来場者や出展者たちの注目が集まる。

「いかん、すぐ緊急配備を……」

真《ま》っ青《さお》な顔になった藤本に小池はすぐに頷くと、無線を取り出し指示を出し始めた。

「応答願います、こちら小池。斉藤エンジニアリングの水原秘書が会場から出ないよう、各位出入り口に集まってください。こちら小池……ええ？」

イヤホンをしていた小池の耳にあまり芳《かんば》しくない情報が届いたことを、高梨と藤本は彼の表情から知った。

「どないしたん？」

「……先ほど駐車場へと向かう水原の姿を見た捜査員がいるそうなんです」

「なんやて？」

小池の報告に藤本の顔は益々青くなったが、

「駐車場やな」

すぐに気を取り直したようで、出口に向かって走り始めた。

「藤本さん！」

「僕も行きますわ」

藤本のあとを小池と高梨が追う。来場者の間を擦り抜けながら走る姿は充分人目を引き、皆が何事だと走る彼らに注目しだした。

「なんか騒がしいですね」

そのざわめきは、少し離れたところに設営された田宮たちの社のブースにも届いていた。

退屈を持て余していた富岡がきょろきょろと周囲を見回したとき、全力疾走する高梨らの姿を数ブロック先に見つけた。

「あれ？　あの走ってるの、高梨警視たちじゃないですか？」

「え？」

驚いた田宮が伸び上がってその方を見ると、確かに高梨と小池、それに藤本が顔色を変え出口に向かって走っている。

「どうしたんでしょう」

「ちょっと見てくる」

愛する人の必死の形相が気になるのは、恋人として仕方のないことだろう。何があったのか遠くからでも見守りたいと、田宮は富岡の返事も待たず、ブースを駆け出していた。

「田宮さん」

驚いた富岡があとを追ってくる。

「お前は留守番しててくれよ」

「留守番なんていりませんよ」

言い争っている時間も惜しいと田宮は富岡を一瞥したあと、高梨を追うように出口を抜け駐車場へと向かった。田宮たちのように疾走する高梨らに興味を覚えた者は多く、田宮が駐車場へと到着したときには既に野次馬で人だかりができていた。

「あ！　いました！」

小池の高い声が響く。指差された方向を田宮は一瞬見やったが、ちょうど男が車に乗り込んでいく様子は見えたものの、どこの誰であるかはわからなかった。

「誰でしょう？」

富岡も野次馬たちの間から身を乗り出すようにして男と車を眺めている。どこか崩れた風

体の長身のその男は一瞬だけ後ろを振り返り、にやり、と笑ってみせたがすぐに運転席に乗り込むと車を急発進させていった。

「おい！　あとを追え！」

野次馬たちが声高に騒ぐ中、小池が大声で指示を出す。

「なんだったんでしょうね？」

またも富岡が問いかけてきた声は、田宮の耳には届いていなかった。

田宮の目は真っ直ぐに、車の去っていった方向を呆然と眺める高梨へと向いていた。

「高梨さん、どないしはりました」

藤本が顔を覗き込んでいる高梨が、それまで田宮が見たこともない表情をしていたからである。

まさに茫然自失《ぼうぜんじしつ》、という表情だった。驚愕《きょうがく》に見開かれた彼の目が今何を捉えているのかと、田宮もその場に佇《たたず》み、立ち尽くす高梨の青い顔を見つめ続けた。

斉藤エンジニアリング社長、斉藤健氏殺害事件は大阪府警と警視庁の合同捜査となった。

展示会場から水原秘書が消えた翌日、藤本と小池は第一回捜査会議に出席するため警視庁捜査一課へと出向いていた。展示会場から逃走した水原の車は非常線をかい潜《くぐ》り行方《ゆくえ》をくらませていたのだが、その日の夜中、関西国際空港の駐車場で発見された。関空からの足取りは依然不明ではあったが、東京に戻った可能性が高いと思われ、それで第一回目の会議は東京開催となったのである。

「確かに理由もなく姿をくらますなど、水原秘書が怪しいという藤本さんの意見はわからないでもないですが、動機はなんなんです。それに当日、確か水原にはアリバイがあったと聞いていますが」

会議の司会は警視庁捜査一課長の金岡《かなおか》が担当していた。大阪に出張した高梨も既に東京に戻って会議に参加していたが、その様子にいつもの覇気《はき》がないことは会議の参加者全員の感じるところであった。

「アリバイ、いいましても、ずっとブースにおったたっちゅう自己申告で、きっちりとしたものやないんですわ。あの日展示会場は人がぎょうさんおりましたさかい、人ごみに紛《まぎ》れてブースを抜け出し、トイレで社長を刺すのはできへんことやないと思います。動機に関しては、水原の生い立《おた》ちを確認せんことには、どうにも申し上げようがありませんで……」

「生い立ちですか。それはどういう？」

問いを重ねようとする金岡に、

「ちょっとええですか」

小池が挙手して立ち上がった。

「ああ、小池さん、なんでしょう」

「動機は勿論重要やけど、水原が今、姿をくらましとるゆうことは歴然とした事実です。まずは彼の行方を捜すのが先決やないかと思います」

「それは勿論そうですが」

金岡課長が小池の剣幕にやや鼻白みながらも頷くと、小池は今度はキッと高梨へと鋭い視線を向けてきた。

「水原と一緒に姿を消した男がおります。高梨警視はその人物に心当たりがおありのようですが」

「高梨から報告は受けています。雪下聡一《ゆきしたそういち》、三十一歳。調査会社の捜査員です。な、高梨」

金岡が高梨に確認を取る。

「はい」

頷いた高梨の隣に座っていた納がそのとき、

「雪下？」

と驚いた声を上げ、金岡も、そして藤本や小池も彼に注目した。

「納刑事、知ってるのか」

「……ええ、まあ……」

金岡課長の問いかけに、納は言葉を濁しながら、ちら、と傍らの高梨を見たが、高梨は気づいているだろうに俯いたまま、なんのリアクションも見せなかった。

「ああ、そういえば重なっていたのかな？」

金岡が納に尋ねるのに、

「重なって？」

何が、と小池が口を挟み、金岡と納、そして俯いたままの高梨の姿を順番に見やった。

「実はこの雪下という男、もと同業なんです」

金岡の言葉に藤本も小池も驚き、「同業？」と声を合わせて尋ね返した。

「ええ、高校卒業後二年間の交番勤務のあと新宿署の刑事課に配属になった刑事なのです」

「そうやったんですか」

初耳や、と藤本が頷く横で、小池が、

「それで高梨警視とは面識があったと？」

更に突っ込んだ問いをしかけてきた。

「ええ、新宿署で暫くの間、同じ刑事課におりました」

ようやく高梨が口を開いたが、その声にはいつもとはまるで違う硬さがあった。

「高梨さん？」

どないしはりました、と尋ねる小池の声に被せ、金岡課長の説明が続く。

「今から五年前、雪下が二十六歳のときに警察を懲戒免職になり、その後あまり評判のよくない調査会社に就職、調査員となっているそうです。本人の名誉のために言っておきますが、懲戒免職となりましたのは別に汚職など不正がらみではなく、捜査中に犯人に向かい発砲したのが問題になったためです。雪下の写真はありますが、五年以上前のものですので人相は随分変わっていると高梨も言っていました」

言いながら金岡が目で合図すると、控えていた竹中《たけなか》という若い刑事がホワイトボードに写真を貼った。警察手帳に使われる制服姿の証明写真に、部屋中の注目が集まった。

「確かに……ちらと見た限りですけど、随分印象違いますなあ」

藤本がまじまじと写真を眺める横で、

「ほんまに」

小池も食い入るように写真を眺めながら相槌を打った。

制服姿の写真の男は、いかにも真面目な警察官、というように写っていた。きりりとした眉の下、鋭い眼光を感じさせる切れ長の瞳といい、きつく引き結ばれた唇といい、近寄りがたさを感じさせはするが、滅多に見ないほどの美丈夫である。

水原の運転する車に乗り込んでいった男の面影を、小池も、そして藤本も写真の男の中に見出《みいだ》せはするものの、あまりの風体の違いに戸惑ってしまっていた。

「どんな感じだったのです？」

納が手を挙げ、藤本に質問するのに、藤本が考え考え答え始めた。

「そうですな。確かに顔は同じじゃ思うんですが、なんと申しますか、警察官どころか、とても真っ当な職業についているようには見えませんでした」

「そうですね。髪型もこんなにかっちりしてませんでしたし……手櫛《てぐし》で整えたようなくしゃっとした頭でした。服装もジャケット姿ではありましたが、勤め人にはとても見えませんでした。崩れてる、いうかなんというか……でも何より、顔の表情がもう、この写真とはまったく違いますわ」

藤本に続き、小池が意見を述べるのを聞き、納は今度は彼に向かって問いを挟んだ。

「どんな表情だったんです？」

「すさんだ、いう表現が一番ぴったりくる、いうんですかね。目つきも悪いし、人を小馬鹿にしたような顔で笑ってたんですが、とてももと警官ゆうふうには見えへんかったと……もとヤクザ、と言われた方がよっぽど納得できましたわ」

「……ヤクザか……」

溜め息交じりに呟く納の声に重なり、竹中の補足説明が室内に響き渡った。

「実際、今彼が勤めている調査会社は半分ヤクザみたいなものでした。調査結果で強請《ゆす》りたかりをすると被害届が提出されたこともあります。山崎《やまざき》組と関係しているという話もありましたしね」

「強請りたかり……斉藤社長への脅迫状も雪下の仕業《しわざ》やろうか」

小池がぽん、と膝《ひざ》を叩くのに、

「それが」

竹中が残念そうな顔になった。

「今のところ雪下と水原を繋《つな》ぐ線が少しも出てこないのです。まずは二人の行方を捜すことが先決と、今、捜査員総出で雪下や水原の馴染みの場所を当たっています」

「そうですか」

「次に藤本さん、先ほど水原の生い立ちを調べなければとおっしゃっていましたが、どういうことなんでしょうか」

頷いた藤本に向かい、金岡課長が問いかける。

「……東京さんを出し抜こう、いう気はさらさらありませんし、隠し立てするつもりもまったくないんですが……」

苦渋《くじゅう》に満ちた藤本の顔に、皆の注目が集まった。

「……ほんまに申し訳ない思うのですが、私どもで調べましてからのご報告、とさせていただきたいのです。どないでしょうか」

「理由をお聞かせいただけますか」

金岡の声音が心持ち厳しくなる。藤本は『出し抜くつもりはない』と明言してはいるものの、抜け駆けをされるのではないかと案じたためなのだが、藤本はその問いにも、

「申し訳ありません」

答えられない、と首を横に振った。

「……そう言われましてもねえ……」

金岡課長の顔が、明らかに不快な表情になる。と、そのとき、

「ちょっとええですか」

それまで黙り込んでいた高梨が挙手したものだから、今度は皆が何事かと彼の方に注目し、険悪になりかけていた部屋の雰囲気が薄まった。

「なんだ、高梨」

「先ほど小池さんもおっしゃってましたが、まずは行方をくらませている水原と、逃亡に手を貸していると思われる雪下を捜すことが先決やないでしょうか。おそらく二人は東京に戻

ってきているようですし、二人の捜査は東京で、事件の動機に関与すると思われる水原の過去については大阪に任せる、ということで役割分担を決めたらええんとちゃいますか?」

合理的な高梨の提案に、自分が感情論で動きそうになっていたことに金岡課長は気づいたらしい。

「そうだな。それでいくか」

眉間の皺を解《と》くと、高梨を、そして藤本を順番に見やったあと笑顔になった。

「それではよろしくお願いします」

「ほんま、申し訳ありません」

藤本が言葉どおり、心底申し訳なさそうな顔になり深々と頭を下げる。金岡はいやいや、というように首を横に振ると、

「そしたら今後の捜査について、打ち合わせを始めよう」

一段と高く声を張り上げ、室内はまた一気に緊張に包まれることとなった。


一時間ほどして会議が終わったあと、金岡は高梨を呼び寄せ、一度家に帰るよう指示を出した。

「皆も泊まり込むんやし、僕だけいうんは……」

「かまへんて」

うそくさい関西弁を使った金岡がぽん、と高梨の肩を叩く。

「これから忙しくなりそうだからな。ひと晩ゆっくり家で英気を養ってこい」

「……課長……」

金岡の笑顔を前に、高梨が申し訳なさそうな顔になる。

「……詳しいことは俺もよう知らんが、まあ、お前なら自分のことは自分で解決するだろうと思ってるからな」

「……はい……」

金岡が高梨に帰宅を許したのは、高梨のいつもとまったく違う様子を慮《おもんぱか》ってのものだった。それがわかるだけに高梨は益々申し訳なさそうな顔になったが、そんな高梨の背を金岡は笑顔のまま、バンバンと痛いくらいに叩いてどやしつけた。

「この事件は長丁場になりそうだからな。今日のうちに奥さんに思いっきり甘えてこい」

「あ、いいなあ。僕も甘えたいですよ」

「お前が甘えられるわけないだろ」

横から竹中と山田《やまだ》が、茶々を入れてくる。彼らも高梨の様子を心配していたらしく、わざとらしいくらいに元気のよい口調で高梨に話しかけてきた。

「だって最近、ごろちゃんの差し入れもめっきり減っちゃったじゃないですか」

「お前、貰うことを前提にしちゃいけないよ。ねえ、警視」

二人の心遣いは充分に伝わったようで、高梨は笑顔になると竹中の頭をぽん、と軽く叩いた。

「ほんま、図々《ずうずう》しいやっちゃ。人の嫁さんをなんやと思うとるんや」

「だってごろちゃんの差し入れ、美味《おい》しいんですもの」

ねえ、と同意を求め周囲を見回す竹中に、

「確かにおいしい」

「あのお稲荷《いなり》さんがたまらんよな」

室内にいた刑事たちが、こぞって頷くのを、藤本はぽかんとした顔で見つめていた。

「どないしはりました、藤本さん」

前回の出張のとき田宮の料理のお相伴《しょうばん》に預かっていたため、東京の刑事たちの反応は理解しすぎるほど理解していた小池が啞然としている藤本に問いかけたのに、

「いや……随分料理上手な『嫁さん』なんやな、思うてな」

答えた彼の声を高梨が耳ざとく聞きつけた。

「せや、藤本さん、今夜は東京にお泊まりや、聞きましたが」

「ええ、その予定にしてますが……」

藤本と小池は東京に夕方入ったため、会議が終了する時間にはもう新幹線はないだろうと踏んで東京駅近くにビジネスホテルを予約していた。

「よかったらどうでしょう。ウチ、いらっしゃいませんか？」

「ええ？」

家に？　と問い返した藤本の横で、小池の顔が満面の笑みに輝いた。

「ほんまですか、高梨さん」

「ええ、多分今夜はもう帰っとる思いますんで、よかったらウチでメシ、食ってってください」

「そりゃありがたいが、しかしそれじゃあんまり……」

恐縮する藤本を、傍らの小池が強引に誘おうとする。

「ええやないですか。お言葉に甘えましょうよ」

「お前、ほんま図々しいやっちゃな」

呆れてみせた藤本だが、

「ほんま、どうぞどうぞ」

高梨に笑顔で勧められては固辞するのも悪いと思ったようで、

「そしたらお言葉に甘えて……」

よろしくお願いします、と高梨にぺこりと頭を下げた。

「ほな、ちょっと待っててくださいね」

高梨は笑顔になると、ポケットから携帯電話を取り出し電話をかけ始めた。

「あ、カエルコールだ」

竹中がくすぐったそうな顔をし、隣の山田に目で合図する。

「本当にアツアツだよなあ」

山田が羨《うらや》ましそうに頷いたとき、高梨の『カエルコール』は繋がったようだった。

「あ、もしもし、ごろちゃん？　僕。これから帰ることになってん」

「警視、顔がにやけまくってますよ」

「わかりやすいですねえ」

竹中と山田が聞こえよがしに囁き合うのを、高梨は彼らの頭をぽんぽんと軽く叩いて黙らせると、電話の向こうにこれ以上はないというほど甘えた声を出した。

「うん。明日からまた泊まり込みなんやけどな。今日一日、ゆっくりせえって。なに？　ごろちゃん、何期待しとるん？」

「期待って……」

小池が赤面するのに、高梨はにやり、と笑ってみせたが、どうやら電話の向こうで田宮が『ふざけるな』というようなことを言ったらしく、慌てて電話に縋《すが》りついて詫び始めた。

「うそうそ。ちょっとしたジョークやないの。ごろちゃん。かんにんしてや」

「……名刑事の評判高い高梨さんとは思えんな……」

呆れて呟く藤本に、

「このギャップがええんでしょ」

小池がわかったようなことを言い、高梨に微笑ましげな視線を向けた。

電話はようやく本題に入ったようで、

「それでな、これから二人、お客さんを連れて帰りたいんやけど、ええかな」

高梨が、ちら、と藤本と小池を見たのに、二人が恐縮して頭を下げる。

「うん、うん、そしたらこれから署を出るさかい、一時間後にな」

田宮は簡単に了承したようで、用件に入ると電話はすぐに終わり——勿論切り際に『愛してるよ』と濃厚なキスの音を送るのを高梨は忘れなかったのだが——高梨は藤本と小池に向かい、

「そしたら、行きましょうか」

にっこり笑って会議室を出ようとした。

「あ、警視、僕、車で送りますよ」

竹中が高梨に駆け寄ってゆく。

「あかん。帰宅するだけやのに、そんなん公私混同や」

「かまいませんって。そのあと僕、山田と合流して雪下の行きつけのバーの聞き込みに向か

いますから」

「せやかて……」

それでも固辞しようとする高梨に、背後から金岡が声をかけてきた。

「藤本さんや小池さんもいらっしゃることだし、竹中の好意に甘えろや」

「課長……」

「な」と片目を瞑る金岡を振り返る高梨に、

「課長のお許しも出たし、行きましょう！」

竹中が明るく笑い、先に立って部屋を出た。

「相変わらずええ雰囲気ですなあ」

肩を並べて廊下を歩きながら、藤本がしみじみとした口調でそう言い高梨を見上げたのに、

「ほんま、恵まれとると思います」

高梨もしみじみとそう答え、大きく頷いてみせた。

「ウチも見習わなあかんなあ」

「無理でしょう。なんてったってあの、アホ課長やさかい」

「アホアホ言うもんやないで。確かにアホやけどな」

藤本と小池が笑い合っているうちに三人は署の出入り口に到着し、連れ立って外へと出た。

「警視、こっちです」

覆面パトカーを車寄せに回してくれていた竹中が運転席の窓を開けて声をかけてくる。

「ほな、行きましょう」

「お世話になります」

深く頭を下げた藤本と小池を後部シートに乗せ、高梨が助手席に乗り込むと、竹中は車を発進させた。

「ほんま、ありがとな」

「いえいえ」

礼を言う高梨に竹中は心底なんでもない、と思っているのがわかる仕草で首を横に振ると、そのまま車を加速し、三十分後には高梨の家——正確には高梨が居候している田宮のアパートに彼らは到着したのだった。


予定より三十分ほど早い帰宅となったが、既に田宮は食事の支度をほぼ終えていた。

「すぐできるものと思って、鍋にしたんだけど……」

あまり材料がなくて、と言いつつも、ちゃんこ鍋風にしたという具の内容は、白身魚や肉の他に、海老《えび》のしんじょや、鶏のつくねなど、ひと手間かけたものもあり、さすが料理上手だと招かれた藤本や小池を感心させた。

「美味しいです！」

「ほんま、たいしたもんですなあ」

あっという間に鍋の中身は空《から》になり、最後に雑炊で締めたあとは、食事の最中から飲み始めた焼酎《しょうちゅう》を——小池は飲めないのでウーロン茶だったが——四人して飲み続けた。

「高梨さんにはこのたびほんまにお世話になりまして」

随分酒が進んでいた藤本は真っ赤な顔をしていたが、なんの拍子でかいきなり高梨の前で深々と頭を下げてきたものだから、高梨も、そして小池も驚き、慌てて藤本の顔を覗き込んだ。

「どないしはりました？」

「おやっさん？」

「……水原のことですわ。ほんま、まあるく治めてくださり、ありがとうございます」

「たいしたこと違いますわ。そないに頭下げんといてください」

テーブルに頭を擦り付けるようにして礼を言う藤本の肩を高梨は揺さぶり、顔を上げさせようとしたが、藤本はすっかり酔っているのか、

「ほんま、ありがとうございます」

泣き出さんばかりの勢いで詫び続けた。

「おやっさんは我々にも水原の素性を言おうとせんのですわ」

横から素面の小池がそう言い、テーブルに這いつくばっている藤本を見下ろした。

「……今回のことは周りにえらい迷惑かけとるいうんは充分承知しとるんやけど、こればっかりは自分の手で確かめたくてなぁ」

かんにん、と藤本は今度は小池に向かい、深く頭を下げ始める。

「おやっさん？」

よしてください、と慌てる小池と、「すまんなぁ」と頭を下げ続ける藤本の姿を高梨は暫くの間無言で見ていたが、やがて、

「藤本さん」

静かな声で名を呼んだ。

「はい？」

低いがよく通る高梨の声に、藤本が顔を上げて彼を見る。

「まだ話せる時期やない、いうんでしたら無理にとは言いません。が、もしよかったら、何を胸に抱えてらっしゃるんか、話してはもらえませんでしょうか」

「……高梨さん……」

己に注がれる高梨の真摯な眼差しを藤本は暫《しば》し受け止めていたが、やがて小さく息を吐くと、ようやく口を開いた。

「……まだ、確認は取れてへんのやけれど……」

「……ええ……」

どうやら藤本は一人胸に秘めていた思いを告白する気になったようだ。事件のことかと田宮がそっと席を外し、台所へと後片付けに立ったのを、高梨は『おおきに』というように目礼して見送った。

「ワシは多分、今から十五年前にあの水原いう秘書に会《お》うとるんやないかと思うんです」

「十五年前？」

どういうことだ、と首を傾げた高梨と、

「おやっさん？」

同じく戸惑いの表情を浮かべた小池を代わる代わるに見やったあと、藤本はぽつぽつと話を始めた。

「……今から十五年ほど前、井口《いぐち》精密いう半導体メーカーの社長が、経営難を苦に工場に火をつけたあと自宅で妻と首を吊《つ》り心中を図った、いう事件があったんよ」

藤本の話によると、確かにその社は経営不振に陥っていたので、心中事件ということで捜査本部も立たずに終わったということなのだが、社員に一人、『これは殺人だ』と息巻く男がいたらしい。

「それが水原隆文《たかふみ》、いう男やったんやけど……」

水原が言うには、確かに業績は悪かったが、今開発中のＬＥＤがようやく商品化できる見通しが立ち、これから巻き返しを図ろうというところであった。銀行からもまだ借り入れができるし、すぐに倒産することなどあり得ない。これからというときに社長が自殺などするわけがない――だがこの水原が、社長に随分恩義を受けていたこともあり、他の社員からは社長がノイローゼ気味であったという証言が取れてもいたので、事件はそのまま心中として処理されることになった。

「その井口いう社長夫婦には当時十歳になる男の子がおりましてな、水原は社長夫婦がこないに可愛がっていた息子を残して死ぬわけがない、言うて署に足しげく通ってきてましたんよ」

……課長が面倒がって水原が来るとワシに回してきたさかい、彼の話は殆どワシが聞いとったんよ」

「で、藤本さん自身は、どう思わはったんです？　心中や思いました？」

「……いや……」

首を横に振る藤本の顔が酷く歪《ゆが》んだ、と同時に藤本は手の中のグラスの焼酎を一気に呷った。

「……おやっさん……」

小池が驚いたように目を見開く中、藤本がバシッと机を両掌で叩いた。

「水原の話を聞けば聞くほど、心中やないのやないかとワシも思うようになった。再捜査をと課長に申し出たんやけど、もうあの事件は解決したの一点張りでな、結局は何もできへんかった……」

「……そうですか……」

静かに相槌を打った高梨の前で、藤本の肩ががっくりと落ちた。

「……ほんま……ワシはなんにもできんかったんよ」

「仕方がないですよ。いくらおやっさんが一人で頑張ろうにも、上からもう終わりや言われたら、それ以上のことはできません……今かてそうやないですか」

小池がフォローを入れるのに、藤本は、

「いや」

と首を横に振り、高梨が注《つ》ぎ足していたグラスの中の焼酎をまた一気に呷った。

「おやっさん」

「今ならもっと頑張った思うわ。あのときワシはほんまに、心中やないと思っとった。殺人に違いない、思うとったにもかかわらず、送致を見送ってもうた……ほんま、悔やんでも悔やみきれんわ」

「……藤本さん……」

高梨の正面、タンッとグラスをテーブルに叩きつけるようにして置いた藤本の目には涙が滲《にじ》んでいた。

「……どないしはったんです」

小池が心配そうに藤本の顔を覗き込む。

「……当時、ちょうどワシの一人息子が高校に上がる頃でな……」

ぽつり、と藤本の口から言葉が零《こぼ》れる。

「……え？」

首を傾げた小池の横で、ぽつぽつと藤本が綴《つづ》る話に、高梨も小池も言葉を失っていった。

「……あまり頭のええ子やなかったさかい、公立には落ちて、私立の滑り止めになんとか引っかかっとった。ワシが今、無茶して警察クビになったら、息子の進学も難しくなるんちゃうか……そない思うたら再捜査を、と訴え続けることができんようになってもうた……」

「……藤本さん……」

小池が痛ましげな顔になり、藤本の背中を叩いている。

「……我が身かわいさにワシは、水原の訴えに耳を塞いでもうたんよ。自分でも心中やないんやないかと疑ってたにもかかわらず、上に言われるがままに捜査を打ち切って……」

「そないに自分を責めるもんやないですよ。藤本さん」

うう、と机に突っ伏して呻《うめ》いた藤本の背を撫でながら、小池が慰めの言葉を口にする。

「ほんまですわ。藤本さん、事件の送致が見送られたんは刑事課全体の責任や思います。藤本さん一人のせいやないですよ」

高梨がそう藤本に声をかけたとき、うう、と藤本はまた呻き、肩を震わせ始めてしまった。

「すまん……ほんま、すまん……」

「藤本さん……」

泣いているらしい藤本の背を擦《さす》ってやりながら、小池は高梨に小さな声でこう告げた。

「藤本さんの息子さん、随分前に事故で亡くならはったんですわ」

「……そうですか……」

高梨がなんともいえない思いで頷く前で、机に顔を伏せた藤本の肩が細かく震え続けている。

「……ほんま……すまん……」

「藤本さん」

高梨も手を伸ばし、藤本の肩を摑んで揺さぶる。彼の目にも、そして小池の目にも涙が光っていたが、お互いそのことには触れずに、藤本に向かい、「しっかりしてください」と温かな声を掛け続けた。

「……えらい恥ずかしいところをお見せしてもうて……」

三十分ほど経った後、すっかり落ち着いたらしい藤本が顔を上げ、照れくさそうに笑ったのに、高梨も小池も「いえ」と首を横に振り、何事もなかったかのように事件の話を続けた。

「先ほども言いましたが、心中した井口社長には当時十歳になる一人息子がおったんですが、この社長夫婦には親戚が殆どおりませんでな。施設に入るしかないやろ、という話になったところを、社長には世話になったさかい、と水原が養子にしたと聞いとります。どうやらそれがあの……」

「美形秘書の水原か！」

小池が大きな声を出し、高梨は納得したように大きく頷いた。

「せやないかと思います。ワシは葬儀《そうぎ》のときに見ただけなんやけど、女の子のような、小作りの綺麗な顔立ちをしとったように記憶しとります」

「で、水原がその心中した社長の息子やったとして、今回の事件とはどないな関係になるんです？」

勢い込んで小池が尋ねるのに、藤本は「うん」と頷くと、再び口を開いた。

「心中事件があってから一年ほどした頃やったろうか。水原が血相変えて署にやって来たんよ。社長殺害の動機がわかった、事件を調べ直してくれ、言うてな。なんでも脚光を浴び始めたライトに使うＬＥＤで、社長が技術開発したまんまのもんが市場に出回っとると」

「技術を盗むためやった言うんですか」

小池の問いに藤本は「せや」と頷くと、

「しかもそのLEDいうんを扱っとるいう会社は設立されたばっかりで、しかもそこの社長は、井口精密のもと社員やった、言うんです。製品開発の要《かなめ》になっとった男で、井口社長が亡くならはったときに、『社長はノイローゼ気味やった』と証言したのも彼やった、いう話やったんやけど、やっぱりこのときにも上は『再捜査の必要はなし』いう結論に達してな」

そう言い、悔しげに眉を顰めてみせた。

「……もしやその社長というのが、あの？」

高梨の問いに藤本は、大きく頷くとひと言、告げた。

「あの、斉藤健社長ですわ」

「斉藤社長が、水原の実の両親を殺し、開発した新技術を独り占めしようとした……その疑いがある、言うんですな」

高梨はひとつひとつ、言葉を確認するようなゆっくりした口調でそう言うと、じっと藤本の顔を見返した。

「……そのとおりです」

藤本もじっと高梨を見返しながら、ゆっくりと頷いてみせる。

「……その斉藤社長が殺され、水原が——斉藤に父母を殺されたかもしれん水原が姿を消した。もしや……」

横から小池が半《なか》ば呆然とした顔で呟くのに、藤本はまた大きく頷くと、

「もしや水原が両親の仇《かたき》を取ろうとしたんやないか……それを確かめるためには水原が間違いなく心中したとされる井口社長の息子であるか、斉藤がほんまに井口社長から新技術を盗んだんか、確かめるしかない、思うてな」

力強くそう言い、拳《こぶし》を握り締めた。

「それで水原の生い立ちを調べようというんはわかりましたが、しかしなんで今頃水原は動いたんでしょう」

小池が重ねた問いに答えたのは藤本ではなく高梨だった。

「心中事件発生が十五年前やからやないですか」

「……そうか、時効か……」

なるほど、と呟いた小池の横で藤本は無言で頷き、またぐっと拳を握り締める。

「……斉藤が犯したかもしれない罪を見逃したんは、当時捜査にあたっていたワシに責任があります。もし水原があのときの息子やったとしたら、彼をあだ討ちせなならんように追い詰めた責任はワシにもあります。そやし、ワシはまず確かめたいんですわ」

熱く語る藤本に、高梨は無言で頷くと、手を伸ばし彼が握り締める拳をぐっと摑んだ。

「おやっさん……」

小池も腕を伸ばし、高梨の手の上から藤本の拳をぎゅっと握る。

「……水原の行方は僕らが捜しますよって」

任せてください、と微笑む高梨に藤本は、

「おおきに」

そう言い、深く頭を下げた。

それから少し話をしたあと、藤本と小池は宿泊するホテルへと向かうべく田宮の部屋を辞した。

タクシーを摑まえるため環七まで見送った高梨が家に戻ると、田宮は食卓に一人ぽつんと座り物思いに耽っていた。

「どないしたん」

「うん……」

声をかけた高梨に田宮は小さく頷くとひと言、

「……藤本さんみたいな刑事さんを見てると、警察も捨てたもんじゃないなあと思って」

そう言い微笑んでみせた。

「僕じゃそうは思ってもらえへん、いうことかな?」

「そういう意味じゃないよ」

高梨に腕を引かれて立ち上がった田宮は、導かれるままに高梨の胸に身体を寄せると、笑って彼の背を抱き締めた。

「ジョークや」

「わかってる」

顔を見合わせ微笑み合ったあと、ゆっくりと互いに唇を近づけてゆく。

「ん……」

触れるようなキスがやがて互いの口内を舌で侵し合う激しいものになってゆき、次第に自力では立っていられなくなってきた田宮は高梨の背に縋りついた。

「……ぁ……っ……」

ぴったりと合わさった下肢から高梨の熱い塊の感触が伝わってくる。思わず薄く目を開いて高梨を見上げた田宮は、視界に飛び込んできた高梨の瞳がどこか虚《うつ》ろであることに気づいた。

「……?」

どうしたのだろう――一瞬田宮が身じろいだ気配を察したのか、高梨が「どないしたん」というように唇を合わせたまま軽く小首を傾げてくる。

「……んんっ……」

勘違いだったか、と思いつつ田宮は高梨の背にまた縋りつき唇を貪り続けたのだが、そのとき覚えた違和感は何故か田宮の脳裏をなかなか離れず、夜の激しい行為の最中にもときおり意識の下に立ち上り、彼に漠とした不安を抱かせた。

5

斉藤エンジニアリング社長、斉藤健殺害事件の捜査は、姿を消した秘書の水原の行方を追う班と、斉藤社長の身辺を——彼に恨みを持っている者を洗い出す班とに別れた。

斉藤エンジニアリングはこの十年で急成長した半導体メーカーであったのだが、その陰には斉藤社長のかなり強引な経営方針があった。取引相手の中にも彼をまさに『殺したい』ほど恨んでいる人物がおり、その数は十名を下らなかった。

「しかし、聞けば聞くほど斉藤社長ってえのはひでえ野郎だな」

ほとほと感心した声を出した新宿署の納と、

「死者に鞭《むち》打つようなことはあまり言いたくないけどなあ」

肩を竦めて相槌を打った高梨の二人は、水原の行方を追う班に属しており、これから納お抱えの情報屋のところに話を聞きに行くところであった。

「同業他社との販売競争に勝つためには、どんな手を使ってもかまわなかったっていうじゃねえか。奴のおかげで工場閉鎖どころか、倒産に追い込まれた中小のメーカーも一つや二つじゃねえっていうしな」

「人当たりはよかったらしいからなあ。官公庁にもかなり食い込んでたいうし、そっちの面もきっちりフォローせなあかんな」

そう言いはしたものの、高梨の視野にはあまり取引相手の姿は入っていなかった。高梨の刑事の勘が、斉藤社長殺害の動機はビジネスがらみなどではないと告げていたのである。

藤本から話を聞いた翌日高梨は金岡に、藤本の捜査が固まり水原の素性が確定するまでは他の捜査員には漏らさない約束をとりつけたあと、その内容を報告した。

「そうか……」

金岡も同じ警察官として、藤本の悔恨《かいこん》の情が痛いほどに理解できたらしく、それ以上何も言わずにただ水原の行方を追う班に高梨や納をはじめとする多くの捜査員を投入し、高梨が藤本に告げた『水原の行方は東京に任せろ』という言葉を現実のものとした。

東京ほど人が身を隠すのに適した場所はない。人口の多さは勿論のこと、他者に対する関心が著しく低い住民性が東京はことに色濃く表れており、ただでさえ目撃情報は集まりにくいのであるが、水原に関しては容疑者としての位置づけもしておらず、メディアに写真を公開しているわけでもないので情報は集まらないまま、彼が大阪の展示会場から姿を消して早五日が経とうとしていた。

水原の交友関係は狭く薄く、というものだった。特に親しかった友人もおらず、学生時代まで溯っても、同級生からは年賀状の交換程度で卒業以来会ったことがない、という答えばかりが返ってきた。

　斉藤エンジニアリング内でも彼は孤立していたようだった。三年前に入社して間もなく斉藤のお眼鏡にかなって秘書に取り立てられたせいか、同期入社の社員とも付き合いはなく、秘書室の女性や管理職とも特に交流はなかったという。

「彼が一番、そして唯一交流を持っていたのがガイシャの斉藤社長と言われちゃ、お手上げだ」

　新宿の街を歩きながら納が肩を竦めるのに、

「ほんまやな」

　高梨は相槌を打ちながら、社員たちから聞き込んだ話を思い出しつつ話を続けた。

「水原は斉藤社長のえらいお気に入りやったそうやね。プライベートでの付き合いもあったんやろか」

「どうだろうなあ。社長のプライベートを詳しく知ってる社員はいなかったしな」

「プライベートどころか、重要機密事項は役員にも明らかにされとらんのには驚いたな。まさにワンマン社長やったっちゅうことやね」

「特捜が喜びそうなネタが金庫には詰まってたらしいしな」

　会話を続けているうちに目的地である新宿二丁目のバー『three friends』に到着し、納が『closed』の札が下がる店のドアを開いた。

「いらっしゃい」

カランカランとカウベルの音が鳴り響く中、アンニュイな声が二人を迎える。

「営業時間前に悪いな」

「悪いだなんて、少しも思っちゃないくせにさ」

片手で拝む真似《まね》をした納に、カウンター越し、嫌みな言葉を返してきたのは、納の情報屋であり、この店のオーナーでもあるミトモというゲイボーイだった。

薄暗い店内、ハーフかクオーターのように濃い、整った顔立ちをしている彼の——彼女、というべきか——容貌が、実は類《たぐい》まれなるメイクテクで作り上げられたものであるということを知る者はそう多くない。

新宿二丁目に店を開いて十数年——二十年以上、という噂もあるが、正確な年数は納も把《は》握《あく》していなかった——二丁目の顔であり、彼のもとに集まるさまざまな情報の信憑性《しんぴょうせい》は高いと納が信頼を寄せるミトモは、納相手にそう口を尖らせたあと、彼のあとに続く高梨を見て笑顔になった。

「あら、いつぞやの関西弁のセクシーな刑事さん」

にっこりと微笑み、片手をすっと高梨の前に差し出してくる。

「いらっしゃい」

「ご無沙汰しとります」

高梨が軽くその手を握り微笑み返す横で、納がやれやれ、というように溜め息をついた。

「さっきまでぶーたれてたくせに。本当にわかりやすい性格だなあ」

「うるさいわよ、新宿サメ」

じろり、と長い睫に縁取られた目で納を睨んだあと、ミトモは刑事二人に椅子《いす》を勧めた。

「ビールでも飲む？」

「勤務時間中だからな」

気持ちだけ受け取っておく、と言う納に、

「じゃあ、アタシはいただこう」

ミトモは歌うような口調でそう言い、スーパードライの小瓶を開けた。

「……まさかソレ、俺らにつけるんじゃねえだろうな」

「さあ、どうかしら」

にっと目を細めて笑ったミトモが、納と高梨に向かい、「乾杯」と一人グラスを掲げてみせる。

「……まったく」

溜め息をついた納と苦笑する高梨の目の前で、小さなグラスに注いだビールを一気に飲み干したあと、

「で？　今回は？」

タン、とグラスをカウンターに下ろし、ミトモが身を乗り出してきた。

「この男の行方を捜してるんだが」

納が内ポケットから水原の写真を取り出し、ミトモの前に置いた。

「あら、この子……」

写真を手に取ったミトモが、驚いた顔になる。

「知ってるのか？」

「ええ。雪下さんのイイコじゃない」

「え？」

なんでもないことのように言ったミトモの言葉に、驚いた声を上げたのは高梨だった。

「え？」

逆に驚いたミトモが写真から顔を上げて高梨を見る。

「どうしたの？　真っ青よ？」

「いや……」

ミトモの言うように、高梨は顔面蒼白《そうはく》になっていた。作った笑顔で首を横に振る、その顔を尚も覗き込もうとしたミトモは、納に話しかけられ今度は視線を彼へと向けた。

「ちょっと待て。雪下を知ってるのか？」

「名前と顔くらいはね。評判の悪いゴシップ屋よ」

「ゴシップ屋ね……」

納がまた内ポケットに手を突っ込み、今度は雪下の写真を差し出す。

「そうそう、雪下……ええと、聡一だったかしら？　ヤのつく自由業がらみの興信所の調査員で、摑んだネタ使って脅迫まがいのことするゴシップ屋。この男の恋人よ」

ミトモは二人の写真を重ねてカウンターに戻すと、いたずらっぽい目を納に向けてきた。

「この二人の出会いの場、なんとこの店だったのよ」

「そうなのか？」

納が大きな声を上げる横で、高梨も驚いた顔になる。

「今からそうねえ、半年くらい前だったかしら。夜中にこの子が——確か雪下は『秋彦』って呼んでたわね——この秋彦が、へべれけになって店に入ってきたのよ」

ミトモの店はホモバーで、パートナーを求め一人で来店する客も多いという。正体がなくなるまで酔っ払っていた秋彦——水原も、いわゆるその手の『相手』を求めて店にやって来たのだと、その夜カウンターの中のミトモに話しかけてきたという。

「誰にでもいいから抱かれたい、めちゃめちゃにされたいって、大声で喚いたもんだから店中の注目集めちゃってね、これだけ綺麗な子だから、下心ありありの輩がわっと集まっていったのよ。でもなんだか様子がおかしいし、やめときなさいって諫《いさ》めようとしたところに雪下が現れてね」

「酔いに乗じて関係を持った?」

納の問いに、ミトモは首を横に振った。

「それが違うのよ」

「違う?」

「どういうことです?」

問い返した納と高梨を前に、ミトモは「アタシも意外だったんだけどね」と話を続けた。

「早速《さっそく》サラリーマンの二人連れが秋彦にモーションをかけ始めてたのを、雪下が凄んで追っ払ったあと、秋彦に『自棄《やけ》になっちゃいけない』と意見し始めてさ。随分長い間、親身になって秋彦の話聞いてあげてた。タチの悪いゴシップ屋って評判だったけど意外にいいところもあるんだなあと驚いたわよ」

二時間ほど店で話をしたあと、すっかり落ち着いたふうの秋彦を雪下が送っていった、その数日後には二人肩を並べてミトモの店を訪れるようになり、ミトモは彼らの間で付き合いが始まったことを知ったという。

「……水原と雪下は恋人同士だったか……」

うーん、と納が唸《うな》る横で、高梨も感慨深そうに頷いていたが、やがて顔を上げるとミトモへと質問を始めた。

「最初にこの店を訪れた夜、なんで水原はそんな自棄になってたんでしょう?」

「これはアタシの勘だけど……」

ミトモはそう言いながら身を乗り出してくると、高梨に近く顔を寄せ囁くような声を出した。

「乱暴されたんじゃないかと思う。殴られた形跡はなかったから、力ずくってわけじゃなかったかもしれないけど……多分、初めて男に抱かれたんじゃないかと。それもまったく意に染まぬ相手に……」

「なんでそう思ったんだ?」

横から納が問いかけたのに、ミトモは、「だから勘だってば」と口を尖らせた。

「お前の勘は信用できるのかね」

「失礼な」

ミトモは半ばふざけて、納のツッコミを大仰に怒ってみせたのだが、すぐ笑顔になると、

「勿論、根拠のある『勘』だけどね」

パチリと片目を瞑ったあと、その『根拠』を説明してくれた。

「さっきも言ったけど、雪下が事情を聞いてやってた、その声が切れ切れに耳に入ってきてたのよ。途中からお店も混んできちゃったからアタシも全部を聞いたわけじゃないんだけど、どうもそれらしい雰囲気だったのよねえ」

「それらしい雰囲気……」

どういう雰囲気だったのだろうと首を傾げた納に、

「だからさあ」

本当に新宿サメは恋愛の機微《きび》がわからない、とミトモは悪態をつきつつも、詳しい説明を与えた。

「雪下が必死で慰《なぐさ》めてたのよ。『犬に噛まれたようなもんだ』とか『すんだことは忘れろ』とかなんとか」

「あの」

ミトモが息をつくのを待ち、高梨が声を挟んできたのに、

「なあに？」

納に対するのとはまるで違う甘えた声でミトモは答え、納の肩を竦めさせた。

「他に二人は——雪下と水原はどんな話をしていたか、覚えてらっしゃいませんか」

「うーん、もう半年も前だから詳しい内容はちょっと思い出せないけど……」

ミトモは空を睨んでみせたが、やがて首を横に振ると、

「ごめんなさい、すぐには浮かんでこないわ。やたらとドラマチックっていうか、大時代的なことを言ってたような気もするけど……」

申し訳なさそうにそう言い、高梨の前で頭を下げた。高梨は問題ない、というように笑顔で首を横に振ると、新たな問いをミトモに発した。

「その後、二人が付き合い始めたのは間違いないんですか」

「ええ、それは間違いないと思うわ。出来上がったカップルを見抜く眼力には自信あるから」

ミトモが胸を張ってみせるのに、納が茶々を入れた。

「なにせ新宿二丁目に二十年前から巣食うヌシだからな」

「まあ、失礼ね」

ぷん、と膨れたミトモを「まあまあ」と高梨が宥めつつ質問を続ける。

「よく二人はこの店に来ていたんですか？」

「よくってほどじゃなかったわね。ああ、でも先月は頻繁《ひんぱん》に来てたかな。あのボックス席で二人して頭付き合わせて、こそこそ話してたわ」

「そうですか……」

開店前のがらん、とした店内を高梨が見回しながら、小さく相槌を打つ。

「水原と雪下の行方を捜してるんだが、心当たりはないかな」

「今のところはなんとも。これから探ってみるわ」

「頼むわ」

納とミトモが刑事と情報屋の会話をしている間、高梨はかつて二人がこそこそと話していたというボックス席を見つめていたが、やがてミトモへと視線を戻すと、彼にしては珍しく躊躇いがちに声をかけた。

「お願いがあるのですが」

「あら、何かしら」

ミトモがにっこりと作った笑みを浮かべる。まだ高梨と会うのは二度目ではあったが、緊迫した雰囲気を感じ取ったらしく、彼を見る目は少しも笑っていなかった。

「どうした、高梨」

納も敏感にその緊迫感を肌で感じたようで、真面目な表情になり高梨の顔を覗き込んでくる。

「雪下と連絡を取りたいのですが、何か手段はありませんか？」

「え？」

「高梨、お前……」

戸惑いの声を上げたミトモと、なんともいえない顔で呆然と名を呼ぶ納の声が重なった。

「私が連絡を欲しがっていたと、伝えていただくことはできませんか」

抑えた、だが熱のこもった高梨の声が、しん、と静まり返った店内に響き渡る。ミトモは己を見つめる高梨のどこか思いつめたような顔を暫くの間見返していたが、やがて作ったものではない、心からの笑顔を端整な顔に浮かべ頷いてみせた。

「……よく彼が顔を出す店があるわ。そこのママに頼んでみましょう」

「ありがとうございます」

ミトモの答えに高梨はほっとした顔になると、ポケットから名刺を取り出し名前の横にさらさらと携帯の番号を書いた。

「会って話がしたいと言っていたと伝えていただけますか」

「わかったわ」

ミトモは名刺を両手で受け取ったあと、任せなさい、というように大きく頷いてみせた。

「……高梨……」

納が何か言いたげな顔で、高梨の顔を覗き込む。

「……わかってる……僕かてちゃんとわかってるで、サメちゃん」

そんな納の肩を高梨はぽん、と叩いたのだが、微笑んでいるつもりのその頬がぴくりと痙攣するさまを、見逃す納ではなかった。


ミトモの店を辞したあと、署に戻る前にそれぞれ一旦家に寄ろうということになった。今夜も泊まり込みになりそうであるが、お互い下着の替えが底をついたからである。

納の家は新宿区内にあり、高梨の家——田宮のアパートであるが——も新宿からは車で十分ほどである。署に帰りは一時間後になると連絡を入れたあと、納が高梨に問いかけてきた。

「ごろちゃん、忙しいのか？　いつも差し入れと一緒に着替えも持ってきてくれるじゃないか」

「まあな」

高梨が少し困ったように微笑み言葉を濁したのに、納は何かあると察したようで、それ以上は追及することなく、

「それじゃあまたあとでな」

手を振り、自分のアパートへと向かっていった。

「おう」

高梨も明るく手を振り応えたものの、タクシーを摑まえるべく車道へと目をやる彼の顔は、明るい声とはうらはらの酷く厳しいものだった。

すぐ来た空車に乗り込み、田宮の住むアパートへと到着した高梨は、部屋の灯《あか》りがついていることに驚き腕時計を見た。時刻はまだ七時を回ってすぐである。最近田宮は仕事が忙しくなり、常に帰宅は十時過ぎだったのだがと思いつつ、高梨は外付けの階段を駆け上りドアチャイムを鳴らした。

「はい」

パタパタと玄関の前まで駆けてくる足音のあと、不審そうな田宮の声が響く。まさか自分がこんなに早い時間に戻ってくるとは予想していないからだろうと思いつつ、高梨は中に向

かって声をかけた。

「僕やけど」

「良平？」

驚いた声がしたと同時にものすごい勢いでドアが開いた。

「おかえり！」

「ただいま」

エプロン姿も初々しい田宮が、高梨に身体をぶつけるようにして抱きついてくる。

「ん……」

恒例の『おかえりのチュウ』にしては濃厚なくちづけを交わしながら、高梨は田宮の背をぐっと己のほうへと抱き寄せた。そのまま手を下へと滑らせ、小さな尻をぎゅっと掴む。

「……ぁっ……」

田宮はびく、と微かに身体を震わせたが、高梨が服越しに尻の割れ目をぐいぐいと指先で抉《えぐ》ってやると、自力では立っていられなくなったのか、縋りつくように高梨の背に回した手に力を込めてきた。ぴったりと合わさった互いの下肢が互いの熱さを伝え、益々キスがきつく舌を吸い合う濃厚なものになってゆく。

「んん……っ」

高梨は尚も田宮の身体を抱き寄せようとしたのだが、そのとき田宮がトン、と拳で胸を叩いてきて、彼らの長すぎる『お帰りのチュウ』は終わりを迎えることとなった。

「どないしたん？」

「玄関先でやることじゃないと思って」

田宮が潤んだ瞳を真っ直ぐに高梨に向け、少し照れたようにそう言うのに、

「そらそうやな」

はは、と高梨は笑って田宮を抱《だ》く手を解きながら、唇に掠めるようなキスを落とした。

「ただいま」

「おかえり」

田宮も背伸びをして高梨の唇に軽いキスを返すと、彼の手を引いて部屋の中へと導いた。

「あれ」

ベッドの上、自分の下着が数組きちんと揃えられている様子に高梨が小さく驚きの声を上げる。

「そろそろ差し入れと着替え、持っていこうと思ってたんだ」

「そら悪かったな」

まるで少しの手間もかかっていないかのような田宮の口ぶりに、申し訳なく思った高梨が頭を下げる。

「差し入れはこれから作るんだけど」

田宮は高梨に気を遣わせまいとしたのだろう、わざとふざけた調子でそう言うと、ぺろりと舌を出し肩を竦めてみせた。

「ごろちゃん……」

高梨の胸に熱い想いが湧き起こる。またも田宮を抱き寄せ、唇を塞ごうとした高梨だったが、その瞬間、田宮がじっと己を見上げているのに気づいた。

「なに？」

もの言いたげな田宮の視線に、高梨の動きが止まる。近く唇を寄せたまま囁くような声で問いかけた高梨に、田宮は一瞬の逡巡《しゅんじゅん》をみせたあと、やはり囁くように尋ね返した。

「……もしかしていつもより大変な事件なのか？」

「え？」

どうして、と目を見開いた高梨は、続く田宮の答えに言葉を失った。

「……ずっと電話なかったし……」

「あ……」

いつもであれば高梨は、少しでも空いた時間があると田宮の携帯に電話を入れる。泊まり込みで家になかなか帰れぬときには、特に顕著になるその電話攻撃を、このところ高梨は実施していなかった。

こうして家に寄ることになったときなど、必ず田宮の携帯に『カエルコール』をするのが常であり、用事がなくても『元気か』と様子を尋ねる電話を寄越す高梨が、今回に限っては三日にわたって一度も田宮の携帯を鳴らしていなかった。

田宮が不審に思うのは当然であるのだが、今、高梨には田宮にその理由を説明する時間と気力がなかった。

「……せやね。ほんま、大変な事件なんや。今日も着替え取りに寄っただけなんよ」

かんにん、と微笑む高梨の胸は、一心に己を見つめる田宮の大きな瞳を前にぎりり、と痛んだ。

「……そうなんだ……」

高梨の答えに田宮は一瞬虚を衝かれた顔になったが、すぐにその大きな瞳を細めて微笑むと、ぎゅっと高梨の背に縋りついた。

「……からだ、気をつけて」

「……おおきに」

キスを待ち目を閉じた田宮の唇に高梨は己の唇を寄せる。触れるようなキスがまたも互いの口内を舌で侵し合う激しいキスになっていったが、高梨の胸の中にはどこか行為に乗りきれない、虚ろな思いがあった。

「……っ……」

田宮の動きが一瞬止まったのに、高梨は自分がいつしか彼とくちづけを交わしながら他のことを――ずっと彼の頭の中を占めている事件のことを考えてしまっていたことに気づいた。

「………」

自然と離れてしまった唇の間を、つうっと唾液《だえき》の糸が引く。

「良平……」

ひどく思いつめた顔をした田宮が、高梨のシャツの背を摑む両手にぎゅっと力を込めてくる。

「………」

『どうしたんだ？』――己の様子を訝り、当然そう尋ねてくるに違いないと身構えた高梨の前で、田宮は言葉を探すように一瞬黙り込んだあと、結局は何も言わずに高梨の顔を大きな瞳を見開きじっと見上げてきた。

「……ごろちゃん……」

なんでもないのだ、事件のことを考えていただけなのだ――何を聞かれるより前に高梨は田宮を安心させたいがために、そう告げようとしたのだが、ようやく口を開く決心がついたらしい田宮の唇から零れた言葉の内容は、高梨の予想を超えるものだった。

「……署に戻るの……十分くらい遅れても大丈夫かな」

言いながら田宮がまたぎゅっと高梨のシャツを摑む手に力を込める。ぐい、と押し当ててきた下肢の熱さが彼の言う『十分』の内容を伝えていた。

慎み深い田宮は、普段滅多に自分から高梨を求めるような言葉を口にしない。その彼が何故今、高梨に時間がないことを知りながらにしてこのような行為に及んだのか――。

「ごろちゃん……」

田宮は多分、不安に苛《さいな》まれているのだろう。一緒に暮らし始めてそろそろ一年になろうとしている。常に相手に対する思いやりの心を忘れぬ彼は今、己の状態が普通ではないと気づいているに違いない――それがわかっていながらにして尚、高梨は胸に秘めたる『あのこと』を口にすることができなかった。じっと見下ろすだけで口を開こうとしない高梨にまた、田宮が下肢を擦《す》り寄せてくる。

「……良平」

じっと己を見つめる黒い瞳が、部屋の灯りを受けきらきらと輝いて見える。その煌《きらめ》きが田宮の瞳いっぱいに溜まった涙の雫であると気づかぬ高梨ではなかったが、どうしても胸の内を打ち明けることはできなかった。

「……十分なんて言わんといてや」

かんにん、と心の中で詫びつつも高梨は田宮に微笑み、華奢な身体を抱き上げる。

「……じゃあ、二十分」

まるで高梨の謝罪が聞こえたように田宮は潤んだ瞳を細めて微笑むと、わざとそんなふざけたことを言い、高梨にしがみついてきた。

「あほ」

己を気遣う田宮の優しさに、高梨の胸に熱いものが込み上げてくる。目頭まで熱くなってきてしまったのを誤魔化すように田宮同様、軽口で応酬しながら、高梨は田宮の身体をそっとベッドへと横たえた。

「ごろちゃん……」

「良平」

田宮が自分で服を脱ぎ始めたのを手で制したあと、掛けていたエプロンを捲《まく》り上げてベルトを外し、スラックスをトランクスごと両脚から引き抜いてやる。

田宮には『十分などと言うな』と言ったものの、ほぼ徹夜で捜査にあたっている同僚を思うと、それほどゆっくりしていられないのもまた事実で、それ故彼は田宮の下半身だけを裸に剝《む》いたのだった。

田宮もそのあたりの事情は充分理解しており、黙って頷くと高梨の前で大きく脚を開き、両膝を立ててみせる。

シャツの上から掛けていたエプロンがちょうど恥部を隠しているその姿はなんともいえず扇情的《せんじょうてき》で、高梨は思わずごくり、と生唾《なまつば》を飲み込んだ。

「……早くしろよ」

高梨の視線に照れた田宮がぶっきらぼうな口調でそう言うのに、「せやね」と高梨は我に返り、ジジ、とファスナーを下ろして既に勃ちきっていた自身を取り出した。

エプロンをシャツごと捲り上げ、両脚を抱えて田宮の身体を二つ折りにする。煌々と灯りのつく下、露《あら》わにした後孔に高梨が数度雄を擦《こす》り付けると、田宮は抱えられた両脚を高梨の腰へと回し、早く、というようにぐっと引き寄せてきた。

すぐに挿れても大丈夫だろうかと危惧《きぐ》しつつも、高梨がぐい、と腰を進める。

「……ん……」

少しも慣らさぬ状態での挿入に田宮の眉は苦痛を表すように顰められたが、高梨が腰を引こうとするのには、ぐっと彼の背に回した両脚に力を込めてそれを制した。

「大丈夫？」

「……ん……」

高梨の問いかけに何度も首を縦に振って頷いてみせながら、田宮がまたぎゅっと高梨の背を両脚で引き寄せてくる。痛い思いをさせるのは可哀想《かわいそう》だと思いながらも、きつく唇を噛み締め、眉を顰めた田宮の顔は高梨を尚も昂《たか》ぶらせるほどに魅力的で、導かれるままに高梨は一気に腰を進め、田宮の身体を貫いた。

「……あっ……」

痛みに悲鳴を上げた田宮は、それでも腰をくねらせ、高梨の律動を誘おうとする。すぐによくしてやろうと高梨は田宮の片脚を離すと、二人の腹の間に手を差し入れ、萎《な》えてしまった田宮の雄を摑んで扱き上げ始めた。

「……ぁっ……あぁっ……」

奥を抉るように激しく腰を動かしながら、前を扱く手のスピードを速めると、苦痛に顰められていた田宮の眉間の皺が解けてゆく。形のいい唇からは甘い吐息が漏れ、田宮が今感じているのは痛みではなく快楽であると知らしめられた高梨自身も、快楽の階段を駆け上りつつあった。

「あっ……はぁっ……あっあっあっ」

律動が一段と速まり、田宮の高い嬌声《きょうせい》に、高梨の抑えた息遣いの音が重なって聞こえる。低く漏れる高梨の声は田宮を更に昂めるようで、薄く目を開くと真っ直ぐに手を伸ばし、指先を高梨の唇へと当ててきた。

「……っ……」

すうっと唇を撫でられ、思わずその指を口に含んでしまった高梨に、田宮の身体が大きく仰《の》け反《ぞ》り、上がる嬌声が更に高くなる。

「あぁっ……」

ついに耐えられなくなったのか田宮が高梨の手の中で達し、白濁した液を飛ばした。

「……くっ……」

ほぼ同時に高梨も達し、田宮の中にこれでもかというほど精を吐き出す。

「……ん……」

薄く開いた高梨の唇から逃れた田宮の指が、高梨の頬へと滑ってゆく。両手で頬を挟まれ、軽く己の方へと引き寄せるのに任せ、高梨は田宮の脚を離すと息を乱す彼の上に覆いかぶさっていった。

「……ごろちゃん……」

「…………」

名を呼ぶと田宮は目を閉じ、心持ち顔を上げて高梨の唇を塞ごうとした。触れられるより前に高梨は田宮の唇を、貪るように塞ぎ始める。

「……ん……」

高梨の頬にあった田宮の手が後ろへと滑り、高梨の首をぐっと抱き寄せてくる。息苦しさを押し隠し唇を離そうとしない田宮に、高梨も痛いくらいの激しいキスで応え、二人は暫し汗ばんだ身体で抱き合い、唇を重ね続けた。

「ごめん、結局二十分のロスだ」

手早くシャワーを浴びてきた高梨に、田宮は着替えを渡しながら申し訳なさそうな顔をした。

「なんやごろちゃん、まさかアノ最中、時間計っとったん？」

あはは、と高梨は明るく笑い、手提《てさ》げ袋を受け取ったあと、ぽんぽん、と田宮の頭を軽く叩いた。

「えらい余裕やないか」

「馬鹿じゃないか」

もう、と可愛《かわい》い唇を尖らせた田宮に高梨は軽くキスすると、

「うそうそ。ほな、またな」

いってきます、と微笑みドアへと向かった。

「明日、差し入れ持っていくよ」

靴を履く高梨の後ろから田宮が声をかける。

「無理せんでええよ」

「無理じゃないよ」

「かんにんな」

靴を履き終わった高梨が、田宮を振り返る。

「……あの」

じっと高梨の姿を見つめていたらしい田宮と、かちり、と音がするほどに目が合った。田

宮が何か言いたそうに口を開きかけたのに、

「かんにん」

高梨は小さく詫び、ぽん、と田宮の頭をまた軽く叩いた。

「……気をつけてな」

何に対する謝罪かを確かめることなく、田宮がにっこりと大きな瞳を細めて微笑んでみせる。

「ごろちゃんもな」

それじゃあ、と軽く手を振りドアを出たとき、高梨の唇からはまた「かんにんな」という呟きが漏れていた。

カンカンと音を立てて階段を下りていきながら、我知らず大きな溜め息をついてしまっていた高梨は、いけない、と軽く頭を振って気持ちの切り替えを試みると、タクシーを摑まえるべく駆け出した。

胸に抱える苦悩そのものの星ひとつ見えない曇った夜空の下、高梨はただ事件のことのみ考えるよう己を律しながら、ひたすら環七目指して走り続けた。

6

「田宮《たみや》さん、今日も残業ですか？」

パソコンを前にぼんやりしていた田宮は、後ろから富岡《とみおか》に声をかけられ、はっと我に返った。

「残業」

時刻は既《すで》に二十二時を回っており、フロアには田宮と富岡の二人しか残っている者はいない。いつの間にこんな時間になったのだと心の中で舌打ちしつつ、田宮がいつものように愛想なく答えたのに、

「ねえ」

富岡が田宮の椅子《いす》の背を摑《つか》むと、ぐっと体重をかけてきた。

「よせよ。危ないだろ？」

まったくもう、と田宮は富岡を振り返りもせず、エクセルの表へと目をやったのだが、富岡もまたいつものように不屈の精神で田宮にちょっかいをしかけてきた。

「ねえ、たまには飲みに行きませんか？」

「行きません」

「ほら、アレやりましょうよ。大阪の展示会の打ち上げ」

「なんにも打ち上げるネタなんかないだろ」

「花火でもなんでも打ち上げますから、ねえ、行きましょうよう」

体重をかけ、ゆさゆさと椅子を揺さぶってくる富岡についに田宮は切れ、振り返ると彼を怒鳴《どな》りつけた。

「いい加減にしろって！　俺《おれ》は仕事をしたいの！」

「仕事って田宮さん、さっきから三十分はそのエクセルの表、眺めてるだけじゃないですか」

「え……」

振り返ってみて、どれだけにやけた顔をしているかと思っていた富岡が、実は少しも笑ってなどいなかったことにまず驚き、続いて彼に自分がぼんやりしている様子を完璧《かんぺき》に把握《はあく》されていたことにまた驚いた田宮は思わず絶句してしまった。

「集中できないときは、いくら遅くまでやっても無駄ですよ。ねえ、飲みに行きましょうよう」

「…………」

田宮の視線を捉《とら》えて初めて、にっこりと微笑《ほほえ》んだ富岡が、上から顔を見下ろしてくる。

どうしよう——普段であれば、富岡の下心ミエミエの誘いなど速攻断る田宮なのだが、今夜は珍しく逡巡《しゅんじゅん》していた。

確かにこのまま会社に居続けても、仕事ははかどらないだろう。家に帰ってもどうせ高梨《たかなし》は今夜も泊まり込みで誰もいないし――高梨の顔が浮かんだ瞬間、田宮の胸はちくり、と小さく痛み、我知らずシャツの前を握り締めてしまったのだが、そんな彼に富岡はどこまでも明るく、飲みに行こうと誘ってきた。

「たまにはいいじゃないですか。ぱあっと飲んで日頃の鬱憤《うっぷん》、晴らしましょうよ」

鬱憤というのとはまた違うのだが、と思いつつも、ここ数日一人考えても詮《せん》ないことを悶《もん》悶《もん》と考え続けていたこともあり、実際飲みたい気分ではあった。

「ね、行きましょう」

田宮の逡巡を見抜いたかのように、富岡がいつも以上にゴリ押ししてくるのに、それこそ『たまにはいいか』と田宮は彼の誘いに乗ることにした。

「……終電までなら」

「ほんとですかっ」

あれだけ強引に誘っておいて、いざ田宮からＯＫが出ると、富岡は心底驚いた顔になった。

「ほんとも嘘《うそ》も、お前が誘ってきたんだろ？」

嘘だったのかよ、と田宮が言うと、富岡は慌てて首を横に振ってみせた。

「嘘のわけないじゃないですか！　気が変わらないうちに行きましょう‼」

さあさあ、と富岡に背を押され、机の上を片付ける間もなく田宮はオフィスを出ると、浮かれまくる富岡と共に残業のあと部員たちがよく行く、駅と直結したビルの地下にある店へと向かった。

「もっとムーディな店がよかったのに」

まずは生、と注文を聞きに来た店員に告げたあと、富岡はメニューを開きながら恨《うら》みがましい目を田宮に向けてきた。この店を指定したのは田宮だったのだが、その理由は終電の出る十二時半より前に閉店時間が設定されているからだった。

『終電まで』という線は譲らないということを暗に示した田宮に恨み言を言ってきた富岡を、田宮はじろり、と睨《にら》みつけた。

「何がムーディだよ」

「あ、格付けのことじゃないですよ」

「わかってるよ」

軽口を叩《たた》き合いながら、田宮と富岡の二人はあっという間に中ジョッキを空《あ》け、部でキープしているウイスキーへと進んでゆく。富岡は部内でも評判の酒豪で——酒豪の割には酒の上での失敗が多いのだが、彼が乱れるときの酒量は常人の常識を超えるほどに半端ではないという専《もっぱ》らの評判である——飲むピッチもやたらと速い。あっという間にグラスを空けてゆく富岡のペースに巻き込まれ、気づいたときには田宮は自分でもどうしたのかと思うほど、酔っ払ってしまっていた。

「すみませーん、ニューボトル！」

まだ半分以上残っていたボトルを空けるのに一時間もかからなかったというピッチの速い飲みを続けながら、田宮と富岡は仕事の話や部の今後についてなど、ごく普通のサラリーマンの同僚同士の会話を続けていたのだが、新しいボトルの封を切ったあたりから、彼らの会話はごく普通のサラリーマン同士のものではなくなった。

「でもほんと、田宮さんが付き合ってくれるとは思いませんでしたよ」

酔いで潤《うる》んだ瞳《ひとみ》を微笑みに細め、富岡が甘えた声を出す。

「先週も部のみんなでココ、来たじゃないか」

空になったグラスを求められるがままに差し出しながらも、富岡がドバドバと原酒を注ごうとするのを田宮は「そんなに濃くするなよ」と制し、作ってもらった水割りを受け取った。

「ツーショはめちゃめちゃ久しぶりじゃないですか」

続いて自分のグラスをウイスキーで満たした富岡がまた、潤んだ瞳を向けてくる。

「あれだけ毎晩誘ってるのに、ホントに田宮さんは冷たいんだから」

「だって仕方ないだろ」

普段の田宮であれば、このような冗談に本気を織り交ぜた富岡の言葉を軽く流していたであろう。自分に想い人がいるのを知って尚《なお》、アプローチをし続ける富岡の己への想いが本気であることは田宮とて理解している。

第一印象は最悪であった富岡だが、人となりを知るにつれ、人間的な魅力に溢《あふ》れた好青年であることがわかってきた。だがだからといって彼の『本気』を受け止めることは自分にはできないということも、田宮は充分理解していた。

その理解を田宮は何度も直接富岡本人に訴えるのだが、富岡は少しもへこたれず「諦めませんから」と不屈の闘志で田宮にアプローチをし続ける。断られることを承知のアプローチはジョークの形をとることが多いのだが、それをジョークとして受け止め、流してやるのが彼への気遣いではないかと田宮は思い、いつもそのように行動していた。

だが今夜、田宮は酷《ひど》く酔っていた。この数日気にかかってやまないことが酔いを増進させていたこともある。酔いに乗じて思わずぽろり、と本音を漏らしてしまった田宮を、富岡は一瞬驚いた顔で見返したが、やがて近く顔を寄せ、じっと田宮の瞳を見つめてきた。

「ねえ、何があったんです？」

「…………」

富岡の煌《きらめ》く黒い瞳に、高梨の瞳の幻が重なって見え、田宮は思わず一瞬見惚《みと》れてしまった。

『かんにんな』

困ったように笑った高梨の顔が田宮の脳裏《のうり》に蘇《よみがえ》る。

「……さん？」

肩を摑んで揺さぶられ、田宮ははっと我に返った。ふと目を上げたとき、あまりに近いところに顔を寄せていた富岡に驚き、慌てて身体を引こうとする。

「危ない」

椅子から転がり落ちそうになったのは酔っ払っていたからだった。富岡が慌てて田宮の腕を引いてバランスを取らせると、

「大丈夫ですか？」

心底心配そうな顔で、またも田宮の顔を覗き込んできた。

「大丈夫だ」

「飲みすぎたのかな。水、貰《もら》いましょうか」

富岡は田宮が答えるより前に、店の者に手を上げ、「ここ、水ひとつください」と大きな声を出した。

「悪いな」

「別に悪いことはひとつもないんですけど……」

はい、と早速《さっそく》店の人間が持ってきてくれた水を田宮に手渡しながら、富岡がまたじっと田宮の目を見つめてくる。

「なに？」

「……ほんと、何があったんです？」

真摯《しんし》な光を湛《たた》えた富岡の瞳を前にしたとき、田宮の中で何かが小さく音を立てて弾《はじ》けたような気がした。

「……うん……」

それでもやはり逡巡してしまい、俯《うつむ》いた田宮の耳に、富岡のどこか心地よい静かなバリトンの声が響いてくる。

「僕でよかったらなんでも打ち明けてもらえませんか？　田宮さん、ここのところずっと様子がおかしかったし……悩みでも愚痴《ぐち》でも本当になんでも聞きますから」

ぽん、と背中を叩く富岡の手に、これ以上はないほどの優しさを見出《みいだ》してしまったからだろうか。はたまた既に自身をコントロールできぬほどに酔ってしまっていたからか。気づいたときには田宮はぽつぽつと、胸の内を打ち明け始めてしまっていた。

「最近、良平《りょうへい》の様子がおかしいんだ」

「………」

高梨の名に富岡は一瞬だけ、虚を衝《つ》かれたような顔をしたが、すぐまた笑顔になると、

「おかしいって？」

何が、と田宮が話しやすいよう問い返してきた。

「……うまく言えないんだけど……何かを胸に抱えてるっていうか……」

「隠し事をしている？」

「……それとはちょっと違うみたいなんだけど……」

「どう違うんです？」

「うん……」

問われるままに答えていた田宮だが、ふと、何故《なぜ》自分はこんなことを富岡に話しているのだろうと我に返った。

「ごめん、なんかすごい酔っ払ったみたいだ」

帰ろうか、と会話を打ち切ろうとした田宮は最後にとグラスに手を伸ばしたのだが、グラスを握ったと同時に富岡に上からその手を握られ、驚いて顔を上げた。

「酔った勢いでいいですから。帰ってもまたどうせ、一人でぐるぐる考えちゃうんでしょう？」

「…………」

ほら、と富岡が田宮の手からグラスを取り上げようとする。既にグラスが空いていたことに気づいた田宮が手を離すと、富岡は氷を入れながら淡々とした口調で話しかけてきた。

「人に話すとラクになることってありますよ。人生経験は確かに田宮さんより二年ほど短いですが、恋愛経験は多分、田宮さんの倍……いや、三倍は僕、ありますから」

ぽんぽんとグラスに氷を放り込んだあとは、ウイスキーを少なめに注ぎ、ミネラルウオーターを注ぎ足して薄めの水割りを作る。

「はい」

にっこりと微笑みながらグラスを渡された田宮は、水滴の浮いたグラスと富岡の笑顔を代わる代わるに見つめた。

「どうしました？」

「……いや……なんかお前がすごくいい奴のように思えてきた」

酔いが田宮を饒舌《じょうぜつ》にし、心に浮かんだままの言葉をぽろりと告げてしまった。それを聞いた富岡は苦笑するように笑うと、肩を竦《すく》めてみせた。

「そんなの、百五十年前からわかってもらえてると思ってましたよ」

「……ごめん」

「やだなあ、ジョークですって」

あはは、と高く声を上げて笑った富岡が、自分のグラスにもウイスキーを注ぎ、一気に呷《あお》る。

「……で？　高梨さんの様子がおかしいんでしたっけ？」

続いてウイスキーを注ぎながら富岡は、まるで明日の天気を尋ねるときのような口調でそう聞き、話をもとに戻した。

「……うん……」

田宮は素直に頷くと、手の中のグラスの酒を舐《な》めつつ話を続けた。

「……何かを隠してるっていうだけじゃないんだ。なんだか一人で苦しんでいるような、そんな気がするんだ」

「事件のことでしょうかね」

富岡が腕組みをし、うーんと唸《うな》りながら宙を睨む。

「……多分。わからないんだけど……」

「まだあの事件、追ってるのかな。ほら、僕らが巻き込まれた、大阪で斉藤《さいとう》エンジニアリングの社長が殺された事件」

「……わからないけど、多分そうかな」

高梨は事件を家に持ち込むことが滅多にない。加えて最近は殆《ほとん》ど会話を交わしていないため断言はできなかったが、解決したのなら田宮も知らない事件ではない故その旨を教えてくれるだろう。

「犯人が捕まったという報道もされてませんしね」

富岡が田宮の推測を裏打ちするようなことを言い、また、うーんと唸ってみせる。

「あの事件がらみなんでしょうか」

「……わからないよ」

わからない、としか言えない自分に、次第に田宮は情けなさを覚えてきてしまった。物理的にも精神的にも、誰《だれ》より高梨の傍にいるという自負があるにもかかわらず、今、田宮は高梨が一体何を考え、何に苦しんでいるのか少しも理解できていないのである。

力になりたいのに――悩み、苦しんでいるのなら打ち明けてほしいのに、という想いから田宮は手の中のグラスの酒を一気に呷った。

「田宮さん？」

いきなりの田宮の行動に戸惑《とまど》ったらしい富岡が顔を覗き込んでくる。

「……どうして……」

「え？」

何がどうしてなんです、と富岡が問いかけてくるより前に、田宮は空のグラスをタンッと音が立つほどカウンターに叩きつけていた。

「どうして打ち明けてくれないんだろう？」

「え？」

再びタンッとグラスを叩きつけながら、田宮は誰に言うともなしに大声を張り上げていた。

「どうして一人で悩んでるんだろう？　俺には相談できないって……話したって無駄だと思ってるんだろうか。それって、事件のことだから、民間人には喋《しゃべ》れないってだけなのかな。それとも何か他に理由が……」

「田宮さん」

堰《せき》を切ったように話し始めてしまっていた田宮は、富岡に肩を摑まれはっと我に返った。

「ごめん……」

自分の言動に一番驚いているのは田宮だった。一体どうしてしまったのかと酔った頭を振った田宮の肩を、富岡がまたぐっと摑んでくる。

「それ、なんで本人に聞かないんです？」

「……え？」

当然すべきであろうことをしていないとでも言わんばかりの富岡の口調に、田宮は一瞬絶句した。

「こんなところでクダ巻いてるより、本人に聞いてみたらいいじゃないですか」

「……そうだけど……」

それができれば苦労はないのだ、と田宮が俯き、手の中のグラスを口へと持っていこうとして、中身が空《から》であることに気づく。

「はい、水」

横から富岡が水の入ったグラスを差し出してくる。

「サンクス」

田宮がそれを受け取りごくごくと飲み干してゆくのを、富岡はじっと見つめていたが、やがてひとこと、

「聞いてみた方がいいですよ」

ね、と笑ってみせた。

「でも……」

「なにが『でも』です。『でも』『だって』は禁句だって入社のとき習ったでしょ」

「でも、良平が喋らないのは言いたくないからで、それを無理に聞くのはなんだか……」

「それこそ『でも』ですが、田宮さんは打ち明けてほしいんでしょ？　それに高梨さんだって本当に言いたくなきゃ、言いたくないって言いますよ」

「………」

また『でも』と言いそうになり、口を閉ざした田宮を見て、富岡がやれやれ、というように溜《た》め息《いき》をついた。

「いつからそんな、うじうじした性格になっちゃったんですか」

「悪かったな。もとからだよ」

反射的に言い返してしまった田宮に、富岡がにっと笑ってくる。

「ほら、その調子で聞いてみりゃあいいじゃないですか」

「……うん……」

再び俯いてしまった田宮に、

「ああ、もう、苛々《いらいら》するなっ」

見た目よりは酔っていたのか、富岡はいきなりそう大声を上げると、田宮のスーツの内ポケットに手を突っ込もうとしてきた。

「なにすんだよっ」

「携帯ですよ、携帯！　貸してください」

「なんでお前に携帯貸さなきゃいけないんだよ」

揉《も》み合ううちに携帯を奪い取られてしまい、田宮は息を乱しながらも、

「返せよ」

と富岡を睨みつけた。

「田宮さんが聞けないっていうなら代わりに僕が聞いてあげます」

言いながら富岡が携帯を操作し番号を呼び出そうとする。

「おい、よせって」

「いいから」

「よくないって」

今にも電話をかけそうになっている富岡から携帯を取り上げようと田宮が必死で手を伸ばしたそのとき、いきなり富岡の手の中で携帯が着信に震え始めたものだから、争っていることも忘れて田宮と富岡は思わず目を見合わせてしまった。

「あ」

先に我に返った田宮が富岡の手から自分の携帯を取り上げ、誰からだろうとディスプレイを見る。見覚えのない携帯番号に、間違いかと思いつつも応対に出た田宮は、電話の向こう

から聞こえてきた切羽詰まった声に名を呼ばれ、何事かと電話を握り直した。

『すみません、田宮さんですか?』

「はい、そうですが……」

誰からかと目で問いかけてきた富岡に、さあ、と首を傾《かし》げた田宮の耳に、よく聞けば覚えのあった男の声が名乗ってきた。

『こんな時間にすみません。納《おさめ》です。新宿署の……』

「納さん?」

新宿署と名乗られなくても充分把握できている男の名を口にしたとき、富岡がへえ、というように目を見開いた。富岡も納と面識がある。

「あの、何か?」

時計を見ると間もなく深夜の十二時を迎えようとしている。何か急用だろうかと思いつつ尋ねた田宮の胸には嫌な予感が立ち込めつつあった。

『実はですね、高梨が怪我《けが》をしまして……』

「ええ?」

予感は当たった。心臓を鷲摑《わしづか》みにされたような嫌な感覚が田宮を襲う。

本人ではなく納から連絡が入ったのはもしや、高梨は相当重傷なのではないかと思うだに、田宮の顔からは血の気が引け、携帯を握る手はぶるぶると震えてきてしまった。

「田宮さん？」

真《ま》っ青《さお》な顔で絶句している田宮に富岡が心配そうな声をかける。その声に応える気持ちの余裕は今の田宮にはまるでなかった。

「あの、りょうへ……高梨さんは大丈夫なのでしょうか」

大丈夫じゃないから電話が来たんだろう、と自らにツッコんでしまいながら尋ねた田宮に、納は相変わらず真面目《まじめ》な口調で答えてくれた。

『命に別状はありません。左手と左足、それにアバラの骨にヒビが入ってまして全治一カ月というところです。意識もしっかりしているのですが、三、四日は入院しなければということになったのでその連絡をと思って……』

命に別状はない、と言われてほっと安堵《あんど》の息を漏らした田宮は、続く怪我の状態にまた頬《ほお》を強張《こわば》らせた。

骨にヒビが入るほどの怪我を高梨は一体どこで、どうして負ったのだろう。やはり捜査がらみなのだろうかと思いつつ納に事情を尋ねようとしたとき、納の方から田宮に問いかけてくる声が電話の向こうから響いてきた。

『これから病院にいらっしゃれますか』

「勿論《もちろん》」

即答した田宮は逸《はや》る気持ちを抑えることができずに椅子から立ち上がってしまっていた。

「田宮さん？」

富岡もつられたように立ち上がると、納に告げられた病院の名を復唱する田宮の顔をじっと覗き込んできた。

『それじゃあ』

「ありがとうございました」

田宮が電話を切った途端、勢い込んで富岡が尋ねた。

「どうしたんです？　高梨さんに何か？」

「大怪我したらしい。これから病院行ってくる」

言いながら田宮はスーツの胸ポケットから財布を取り出すと、一万円を富岡に差し出した。

「足りなかったら明日払うから。それじゃ」

「僕も行きます」

「ええ？」

富岡が伝票を摑み、田宮の先に立ってレジへと向かう。

「いいよ、お前は」

「送っていきますよ。田宮さん随分酔ってるし」

「大丈夫だよ」

田宮が固辞するのにもかまわず富岡はさっさと支払いをすませると、田宮の腕を摑んでビルの外に出た。

「タクりましょう。警察病院でしたっけ？」

「……ああ……」

富岡は納と田宮の電話を聞いていたらしく、正確な病院名を言うとタクシー乗り場に停まっていた空車に先に田宮を押し込んだ。

「どうしたんでしょう」

運転手に行き先を告げたあと、疾走《しっそう》する車の中で富岡がぽつりと田宮に声をかけてくる。

「……わからない……何があったのか……」

俯いた田宮の肩を、富岡がぽん、と叩く。

「大丈夫ですよ。絶対」

根拠のない言葉ではあったが、今田宮が最も望んでいる言葉を告げた富岡に、田宮は「うん」と頷くと、視線を窓の外へと向けた。

ものすごい勢いで後ろへと流れてゆく街灯を目で追いながらも、田宮の頭に浮かぶのは高梨の顔ばかりである。

「大丈夫ですよ」

同じ言葉を繰り返した富岡が、再び田宮の肩をぽん、と叩いてくる。

「……うん……」

大丈夫であってくれ――心の中でそう叫びながら、田宮は車が早く病院に到着してほしいと、そればかりを祈り続けた。

時刻はそれより二時間ほど前に溯《さかのぼ》る。

田宮が残業中、ぼんやりとパソコンの画面を眺めていたちょうどそのとき、彼が想いを馳《は》せていた高梨は新大久保の古びたビルの地下にいた。

もとは韓国料理店であったようだが、閉店して随分になるらしい。そろそろ内装工事が始まるようで、テーブルやら椅子やらが瓦礫《がれき》のごとく積み上げられた中、高梨は一人待ち人の到着を待っていた。

その日の夕方、ミトモから高梨の携帯に連絡が入ったのである。

『約束を果たせそうよ』

相変わらずのアンニュイな口調で告げられた言葉に、高梨の身体《からだ》に緊張が走った。

『雪下《ゆきした》と連絡が取れたのよ。二人きりなら会うと言ってるって』

「ありがとうございます……!」

電話を握りながら深く頭を下げた気配を察したのか、ミトモは、

『アタシは繋《つな》いだだけよ』

そう笑うと、雪下が指定した時間と場所を伝え始めた。

『今日の午後十時、新大久保のカタセビルの地下で待ってるって。住所は……』

ミトモの告げる住所をメモに取り、復唱した高梨に、

『そのとおりよ』

ミトモはそう答えたあと、心配そうな口調になった。

『あのあたりは雪下の勤め先が関係してるやくざの——山崎《やまざき》組のシマだから。気をつけてね』

「ありがとうございます」

高梨の礼のあとミトモは『それじゃあ』と電話を切りかけたのだったが、不意に、

『あ、そうだ』

と何かを思い出したような声を出した。

「どないしはりました」

『この間、聞いてたわよね。雪下と秋彦《あきひこ》が何を話してたかって。なんか大時代的な、おおげさな言葉を言ってたってアレ、思い出したのよ』

「ほんまですか？」

何を言っていたのだと受話器を握り直した高梨の耳に、ミトモの声が響く。

『確か、『親の仇《かたき》をとる』とかなんとか……今の時代に仇討ちもないもんだわ、と思ったん

だったわ』

「……そうですか……」

親の仇――高梨の脳裏《のうり》に、大阪の刑事、藤本《ふじもと》から聞いた話が蘇《よみがえ》っていた。

やはり秘書の水原《みずはら》は藤本が推察したとおり、斉藤に殺されたかもしれない井口《いぐち》精密社長の息子だったのか――大阪で念願どおり『親の仇』を討ったというのか、と暫《しば》し呆然《ぼうぜん》としてしまった高梨は、ミトモの呼びかけにはっと我に返った。

『何かの役に立ったかしら』

「そらもう、充分です。お礼をせななりません」

ミトモは情報屋である故、見返りが必要だろうと言い出した高梨に、

『高梨はんなら、今度店に来てくれるだけでええわ』

ミトモはわざとらしい関西弁――本人は京都弁のつもりかもしれないが――でそう笑うと、

『くれぐれも気をつけて』

最後にそう念を押して電話を切ったのだった。

指定された午後十時より三十分早く、高梨は待ち合わせ場所に到着した。店内には人の気配はなく、山と積まれた椅子の中から一脚を下ろし、それに座って高梨は待ち人を――雪下を待っていた。

高梨と雪下の出会いは今から六年ほど前に溯る。高梨の最初の配属先が新宿署であったの

だが、そこにその前年に配属された雪下と、やはり配属されたての納がいたのだった。

雪下と納は高卒で、交番からの叩き上げであり、高梨は東大出のキャリアだったが、年齢が近いこともあって三人気が合い、寝る間もない忙しさの中、酒を酌《く》み交わしては将来の夢を語り合ったものだった。

「キャリアはいいなあ」

何より出世が早い、と雪下はよく高梨を羨《うらや》むようなことを口にしたが、やはりキャリアを妬《ねた》んだ古株刑事が高梨を苛《いじ》めようとするのを常に庇《かば》ってくれていたのも彼だった。

なんでも雪下は中学の頃に父親を亡くし、経済的な理由で大学進学を諦めざるを得なかったのだという。病弱な母親を養うためにも自分が働くしかないと進路を決めたという雪下は、親はもちろん同僚や友人に対して思いやりを忘れぬナイスガイだった。

その雪下が警察を辞めてもう五年が経つ。その原因を思うだに、尽きせぬほどの後悔に身を焼いてきたのだが――五年前の出来事を一人思い返していた高梨は、背後でしたカタリ、という物音にはっと我に返った。

椅子から立ち上がり、振り返ろうとしたところに頭に衝撃を受けた。ガツン、という鈍い音と共に痛みが走る。

「……雪下……」

「久しぶりだな、高梨」

崩《くず》れ落ちる身体に木刀を振り下ろしながら笑いかけてきたのは、紛《まが》う方《かた》なく高梨の待ち人であり、かつての同僚であった雪下だった。

大阪で再会したときと同じようなどこか崩れた風体をしている雪下が、高梨の頭を、腹を、肩を、足を、木刀で滅多打ちにする。

「……雪下……っ……」

話を、と言う間もなかった。容赦なく振り下ろされる木刀に、高梨は無意識のうちに身体を屈《かが》めた。激痛に次ぐ激痛で意識が遠のいてゆく。

ようやく木刀が降ってこなくなったと思った次の瞬間、高梨は肩を摑まれ、身体を仰向けにさせられた。

「う……」

胸ポケットを探られる気配に、遠のきかけた高梨の意識が薄っすらと戻ってくる。なんとか目を開いた先、忌々《いまいま》しげに舌打ちする雪下の顔が視界に飛び込んできて、高梨は思わずかつての同僚であり、友でもあった男の名を呼んでいた。

「……雪下……」

「手帳も拳銃《けんじゅう》も持たずに来たとは、俺も信用されてないな」

膝《ひざ》をついて座っていた雪下が立ち上がり、床に向かってペッと唾《つば》を吐く。

「こうなることを予測してたってわけか。さすがだよ、高梨警視」

「……違う……僕がここに来たんは、刑事としてではなく、昔の……」

「煩《うるさ》い！」

雪下が再び木刀を振り上げ、高梨の肩のあたりを強打する。

「うっ……」

「結局お前は、俺を信用しなかったってことだろう」

「……ちが……」

違うのだ、という高梨の言葉は雪下の耳に届かず、ひとしきり高梨を木刀で殴りつけたあと、カラン、とその木刀を室内に放り投げ、雪下は店を出ていった。

「……まて……」

高梨は必死で立ち上がろうとしたが、激痛が彼から意識を奪ってゆく。

その後、高梨の行方《ゆくえ》が知れないと大騒ぎになる中、ミトモから話を聞いた納がこのビルに駆けつけるまでの間、高梨は滅多打ちにされた身体を一人床の上に横たえ、殆ど意識のないような状態で痛みに呻《うめ》いていたのだった。

7

田宮と富岡を乗せたタクシーが警察病院に到着すると、建物の前で田宮を待っていたらしい納が二人に駆け寄ってきた。

「納さん！」

「ごろ……いや、田宮さん」

気づいた田宮も彼へと駆け寄ったのに、納はやけにどもって名を呼んだあと、隣にいる富岡に、

「あれ、富岡さんじゃないですか」

ご一緒だったのですかと声をかけてきた。

「ええ、まあ……」

「すみません、りょうへ……高梨さんは」

富岡が答えようとするのと、田宮が勢い込んで尋ねる声が重なった。

「ああ、すまん、こっちだ」

慌てて納は田宮たちの前に立ち、高梨の病室へと案内し始めた。

「あの……」

高梨は既に処置をすませて病室に運ばれているという。エレベーターの中、田宮は自分の息が酒臭いのにやりきれない思いを抱《いだ》きつつ、納におずおずと声をかけた。

「ん？」

「あの、高梨さんはどうしてそんな大怪我を……」

捜査に関することであるのなら、理由を聞くのはまずいかもしれない、という配慮から遠慮深く問いかけた田宮に、納は少し困った顔になった。

「それが……」

「あ、言えないのなら別にいいです」

慌てて申し出た田宮に、今度は納が慌てて首を横に振った。

「いいえ、言えないのは、高梨が何も喋ろうとしないからなんだ」

「え？」

どういうことだ、と田宮が眉《まゆ》を顰《ひそ》めたときにエレベーターは高梨の病室のある七階へと到着した。

「喋らないってどういうことですか」

廊下を歩きながら、富岡が納に話の続きを促した。

「容疑者の仲間と思われる人物の呼び出しに応じたことは認めたし、そいつに殴られたことも認めはしたんだが、そのときの様子を一切話そうとしないんだ。捜査には関係ないの一点張りでな」

「そんな……」

高梨の態度とは思えない、と絶句した田宮を先に立って歩いていた納が肩越しに振り返る。

「……随分落ち込んでいるようだ。俺もあんな高梨を見るのは初めてだよ」

「……そうなんですか……」

田宮が納の言葉に衝撃を受けたところで彼らは廊下の突き当たり、高梨の病室へと到着した。

「部屋が空いてなくてな、個室になった」

納がそう田宮たちに説明したあと、軽くノックしドアを開いた。

「入るぞ」

部屋の灯りは消え、ベッドサイドの小さな灯りだけがついていた。中央のベッドでじっと天井を見上げている高梨の包帯だらけの姿を見た瞬間、田宮は思わず彼へと駆け寄っていた。

「良平！」

「ごろちゃん！」

頭から手から、上掛けの隙間《すきま》から見える足から、あらゆるところを包帯で巻かれた高梨が驚いた声を上げる。

「良平、大丈夫か？」

「ごろちゃん、なんで？」

そんな高梨の姿を見た途端、田宮の両目からはどっと涙が溢れ、頬を伝ってぽたぽたと流れ落ちた。

「納さんが……」

込み上げる涙で喋り続けることができず、田宮が両手に顔を埋《うず》め泣きじゃくる。

「田宮さん、こっちへ……」

そんな彼の肩を摑み、納がベッドの脇に置いたパイプ椅子に座らせてやるのに、

「ああ、サメちゃんが連絡してくれはったんか」

高梨は納得したように頷き、包帯を巻かれた左手を苦労して田宮へと伸ばしてきた。

「心配かけてごめんな」

「良平」

気配を察した田宮が涙に濡れた顔を上げ、高梨の手をそっと両手で包み込む。

「……ほんま、かんにん」

「……良平、一体どうしたんだよ」

田宮の問いに高梨は一瞬目を見開いたが、やがて目を伏せ再び、

「かんにん……」

小さな声で詫《わ》びると口を閉ざしてしまった。

「良平……」

田宮が高梨の手を握る指にそっと力を込めるが、高梨が顔を上げる気配はない。

「……多分大丈夫だろうということだが、明日CTを撮って脳に異常がないか確かめるそうだ。怪我の状態から三、四日は入院した方がいいということだから、着替えとかそのへん、お願いします」

納が田宮に声をかけ、ぺこりと頭を下げる。

「明日には退院するさかい、大丈夫や」

高梨はようやく顔を上げると、田宮の手を握り返した。

「無茶するな、高梨」

納が驚いた声を上げるのに、

「なんも無茶なことないよ。これしきの傷、入院するほどではないわ」

高梨はことさら明るく笑うと、すっと田宮の手から左手を引き抜き、元気であることを示そうとするかのように軽く振ってみせた。

「捜査のことは俺たちに任せろ。お前が加わったところで雪下が見つかるってわけじゃないだろう」

納の憤《いきどお》った声に高梨の頰がぴくりと痙攣《けいれん》し、笑顔が固まった。

「……雪下？」

高梨の顔を強張らせたのはこの名の人物なのだろうかと思った田宮が思わず呟《つぶや》いたのに、高梨の頬はまたぴくり、と痙攣する。

「いいから暫《しばら》くゆっくり休め。金岡《かなおか》課長もそう言ってたぞ」

「……大丈夫やて」

真摯な口調で高梨を説得しようとする納に、高梨は弱々しく笑って首を横に振った。

「全然大丈夫じゃないだろう、高梨。お前の気持ちはわからんでもないが少し冷静になれよ」

「何言うてるの、サメちゃん。僕は冷静や」

「全然冷静じゃないだろう」

納の怒声にびく、と田宮が身体を震わせる。

「ああ、すまん」

気づいた納が慌てて詫びたあと、それこそ『冷静に』なり、静かな声で再び話し始めた。

「今回のことも、お前だから金岡課長も咎《とが》めなかったが、同じことを他の刑事がしてみろ。勝手な行動は慎め、単独捜査などもってのほかだとどれだけ叱責《しっせき》されたか……お前だって部下が同じことをしたらどう思うよ？　それが考えられないところが、『冷静じゃない』って言ってるんだよ」

「…………」

納の言葉に高梨はじっと俯いたまま何も答えなかった。眉間《みけん》にくっきりと刻まれた縦皺《たてじわ》が彼の苦悩を物語っているように見え、田宮は堪《たま》らず手を伸ばし、上掛けの上に置かれた高梨の手を再びそっと握り締めた。

「……ごろちゃん……」

「良平」

少し驚いたように己を見返す高梨の、包帯だらけの痛々しい姿が田宮の躊躇《ためら》いを吹き飛ばした。先ほどまでの富岡との会話に、まだ体内に残っていたアルコールに、背を押され田宮は高梨の手をぐっと握ると、切々と訴えかけていた。

「捜査のことに口を出しちゃいけないというのは勿論わかってるんだけど、良平が何を悩んでるのか、教えてもらえないかな」

「……ごろちゃん？」

高梨が更に驚いたように目を見開く。

「俺じゃあなんの役にも立たないとは思うんだけど、良平を一人で悩ませたくないんだ。何を悩んでいるのか、何を苦しんでいるのか、俺にも教えてほしい」

「ごろちゃん……」

高梨が田宮に握られた手をぎゅっと握り返す。

「……一人で苦しんでいる良平を見るのは嫌なんだ」

田宮の目はまた、込み上げる涙で潤んできてしまっていた。見つめる高梨の瞳も、きらきらと星の瞬《またた》きを湛えているかのように輝いている。彼の目も潤んでいるのだと田宮が気づいたとき、高梨はふっと瞳を細め、泣き笑いのような顔になった。

「……ほんま……ありがとな」

ぎゅっと田宮の手を握り返した高梨の手を、また田宮がぐっと握る。

「……良平……」

「……僕はほんまに……幸せモンや」

高梨はそう笑うと、またぎゅっと田宮の手を握ったあと、そっと手を離した。

「……良平……」

田宮の呼びかけに高梨は小さく頷くと、静かな口調でぽつぽつと話を始めた。

「……今から五年くらい前になるやろか。当時僕は新宿署におったんやけど、そこに雪下いう同僚がおってな」

田宮が、そして納が息を呑《の》む。ドアのところに佇《たたず》み彼らの姿を遠くから見つめていた富岡もまた息を詰めて高梨の話に耳を傾けていた。

「刑事としては雪下が一年先輩やったけど、同い年やったからか気があってな。僕とサメちゃんと雪下の三人でようつるんで遊んどったんやけど、ある事件で逃走する犯人を一緒に追いかけたときにな」

覚醒剤《かくせいざい》中毒だった犯人は拳銃を持って逃走し、あとを追う高梨に向かって発砲しようとした。深夜で人が溢れる歌舞伎町のど真ん中であったため、高梨は一瞬拳銃を抜くのを躊躇《ちゅうちょ》してしまったのだが、高梨の身の危険を感じ、あとから追いかけてきた雪下が犯人に向かって発砲したのである。

射撃の腕に絶対の自信を持っていたため、雪下は躊躇なく犯人の肩を打ち抜き、そのおかげで無事に犯人逮捕の運びとなったのだが、街中での発砲が査問委員会にかけられ、雪下は懲戒免職になってしまったのだという。

「……あのとき雪下が拳銃を抜かんかったら、僕は確実に撃たれてたし、シャブ中の犯人は周囲に向かってても発砲したかもしれん……いくらそう言って上を説得しようとしても、処分はひっくり返らんかった」

「……仕方ねえよ、高梨。あの頃雪下は課長と随分衝突してたからよ、庇ってもらえないどころか尻馬《しりうま》に乗られて、それで辞めさせられたようなもんだ」

納が声をかけたのに、高梨は「いや」と首を横に振った。

「もしもあのとき、僕が発砲してたら懲戒免職になったんは僕やった。雪下は僕の代わりに辞めたくもないのに辞めさせられたんや。あれだけ刑事いう仕事に情熱持ってた彼の、将来を摘《つ》み取ってもうたんは僕や……僕のせいなんや……」

高梨はそう言うと包帯を巻かれた左手に顔を埋めてしまった。

「高梨……」

田宮も、そして声をかけた納も、微《かす》かに肩が震えている高梨の姿を、なんと言ったらいいのかわからぬままにじっと見つめることしかできないでいた。

「……雪下は警察を辞めるときに、自分がキャリアやったら辞めんですんだんやろう、言うてたそうや。それ以来、どんなに連絡を取ろうとしても会うとは言うてくれんかった。そのうちに行方もわからんようになってもうて、どないしてるやろ、思いながらも何もでけんままに五年もの歳月が流れてもうて……」

顔を伏せたまま高梨がまた、ぽつぽつと話を始めたのに、納が遠慮深く問いを挟んだ。

「……せや……」

「……今日、会ったんだよな」

伏せていた顔を上げ、高梨が納に頷いてみせる。田宮は高梨が泣いているのではないかと案じていたが、予想に反し彼の頬に涙の跡はなかった。

「何か話したか？」

「なんも」

問いを重ねた納に、高梨は首を横に振ると、そのときの状況を説明し始めた。

「問答無用でいきなり殴られたんや。拳銃や手帳を奪いたかったみたいやったけど、僕が両方持っとらんのがわかると、『信用してないということか』言うて去っていったよ」

「いくら昔の同僚とはいえ、今は仕事でヤクザとつるんでるって噂《うわさ》もあるし、何より容疑者の一人なんだぞ？　なんで丸腰でなんか行ったんだよ」

納が憤った声を出したのは、彼が高梨の身をいかに案じているかの証明であった。高梨にもそれがわかるのだろう、

「おおきに」

小さく微笑んだあと、包帯を巻かれた自分の手をじっと見下ろしながら、またぽつり、と言葉を告げた。

「……雪下が言うよう、彼を信頼していないから、拳銃も手帳も持っていかへんかったんやない。僕は容疑者と刑事としてではなく、友人として雪下と会いたかったんや。そやし丸腰で行ったんやけど、雪下にはようわかってもらえんかった」

「高梨……」

わかってもらえないどころか、最初から雪下の目的は高梨を殴り倒し、彼の拳銃を奪うことだったじゃないかと言いたい納の気持ちがわかったのか、高梨は苦笑し何も言わなくていい、というように首を横に振ってみせたのだが、笑っているはずのその顔は田宮には高梨が涙を零《こぼ》さずに泣いているようにしか見えなかった。

「……説得したかったんや。ほんまに事件にかかわっとるんやったら、自首してほしいと言うつもりやった。だけどやっぱり、雪下は僕を許してなかったんやろうなあ。ほんまに容赦

なかったわ。まあ、それだけのことを僕はしてもうたさかい、仕方ないんやけどな」

「だからそれはお前のせいじゃないって」

納がそう言うのにまた苦笑し首を横に振ろうとした高梨を、椅子から立ち上がった田宮は思わず抱き締めてしまっていた。

「ごろちゃん？」

戸惑った声を上げた高梨の傷に触らぬよう、そっと彼の頭を抱き締めながら、田宮は胸に溢れる想いをなんとか伝えようと必死で言葉を綴《つづ》っていった。

「……良平がその雪下さんって人に負い目を感じる気持ちはわかる。わかるけど、でも、だからってこんな怪我を負わされても仕方がないってことはないと思う」

「……ごろちゃん……」

うまく言葉が見つからないと田宮は唇を噛《か》んだ。高梨の話を聞いているうちに、田宮の気持ちは今にも泣き出しそうなくらいに高まっていた。高梨の苦悩の原因をなんとか取り除いてあげたい、和《やわ》らげてあげたいという気持ちだけが先走り、なかなか言葉として表現できないのがもどかしい。それに高梨の気持ちはわかるが、それは違うのではないかという思いもあり、あらゆる感情と考えがないまぜになった状態ではあったが、口にしなければ何もわかってもらえないのだと田宮はまた、考え考え話し始めた。

「……うまく言えないけれど、良平が本当に雪下さんに『友達』として会いに行ったんだったら、こんな目に遭《あ》わされたことを仕方ないなんて思っちゃ駄目だと思う。裏切られた、酷いって怒るべきだと思うよ。それを怒れないのは良平こそ、雪下さんを友達とは思ってないからじゃないか？」

「…………」

田宮の腕の中で、高梨の身体がびく、と震える。もしかしたら彼を傷つけているのかもしれないという不安が田宮の胸を捉《とら》えたが、口に出してしまったものはもう取り返しがつかないと思い直し、尚も言葉を続けた。

「……良平はまだ、雪下さんに負い目を感じてるけど、それが雪下さんにも伝わるんじゃないかと思う。だから雪下さんも良平と素直に向かい合えないんじゃないかな。俺だって友達がいつまでも自分に負い目を感じてたら嫌だと思うし、良平だってそうだろ？　きっと雪下さんもそうだと思う。昔みたいに——友達だった頃《ころ》と同じく、普通に向かい合いたいんじゃないかと、俺は思うよ」

「……ごろちゃん……」

高梨の手がゆっくりと上がり、田宮の背を抱き締める。

「……生意気言ってごめん……」

田宮の言葉に、高梨は首を横に振ると、ぐっと彼の背を抱き締めた。

「……ごろちゃんの言うとおりかもしれん……」

「……良平……」

「……ほんまに、普通に向かい合いたい、思うてくれとるやろか……」

涙の滲《にじ》んだ高梨の声が、田宮の胸から響いてくる。

「思ってる。きっと思ってるよ。だって良平の友達だもの」

答える田宮の目からは、ぽたぽたと熱い涙が零れ落ちていた。

「………」

そんな田宮の背を抱く高梨の腕も微かに震えている。二人抱き合う姿を眺める納も目頭を押さえ、ドアのところで富岡は、かなわない、というように小さく溜め息をついて天井を見上げた。

「それじゃあ、俺らは帰るわ」

高梨と田宮が抱き合う腕を解《ほど》いたのを見計らい、納が二人に明るく声をかけた。

「すみません……」

思えば二人の存在を忘れていたと頬を染めた田宮が、涙の滲む目を手の甲で擦《こす》ったのに、

「それじゃあ、また明日」

ドアのところから富岡も声をかけてきた。

「ごろちゃんも、もうええよ」

明日もあるんやし、と言う高梨に、

「泊まるから」

田宮はそう笑うと、「ちょっと送ってくる」と高梨の手をぎゅっと握って離した。

「そんな、別にいいよ」

納は遠慮したが、田宮は送ると言い切り、納と富岡、三人で連れ立って一旦高梨の病室を出た。

「ごろちゃ……田宮さんに来てもらってよかったよ」

廊下を歩きながら、納がしみじみとそう言い、ぽん、と田宮の肩を叩いた。

「よかったんでしょうか」

「よかったと思いますよ。田宮さんにとっても、高梨さんにとっても」

ね、と逆隣にいた富岡も、田宮の肩をぽん、と叩く。

「……富岡……」

「一人で苦しんだり悩んだりしてもらいたくない——か。妬《や》けますすねえ」

にっと笑った富岡が田宮の顔を覗き込んできた。からかっているのかと田宮が口を尖《とが》らせ、富岡を睨みつける。

「……馬鹿」

「照れることないじゃないですか。自分で言ったんですから」

「いい加減にしろよな」

まったく、と憤った田宮だったが、よく考えれば直前に富岡から直接聞けばいいというアドバイスを受けていたことを思い出した。

自分が高梨にその胸の内を問うことに踏み切れたのは彼のおかげかもしれない——そんな思いで富岡を見つめてしまっていた田宮に、富岡が苦笑するような笑みを向けてくる。

「……ま、何はともあれよかったですね」

「ありがとな」

ぼそり、と田宮が告げたのに、富岡はまた苦笑したが、やがて手を伸ばしてぐっと田宮の肩を抱き寄せてきた。

「おいっ」

「富岡さん？」

田宮と、逆隣にいた納が驚いた声を上げる。

「でも僕は、絶対に田宮さんを諦めませんから」

「え？」

「なんだと？」

戸惑う田宮よりも余程大きな声を上げた納に、富岡は田宮の肩から解いた手を己の口元に持っていき、「しーっ」と人差し指を立ててみせた。

「病院ですよ。静かにしないと」

「……お前なあ……」

呆《あき》れた声を上げた納に向かい、富岡がぱちりとウインクする。

「とっとと退散しましょう。患者さんの迷惑になりますからね」

それじゃあ、と富岡が最後にぽん、と田宮の肩を叩き、「ここでいいですから」と笑って手を振った。

「それじゃあまた」

納も富岡を睨みながらも田宮に手を振り、彼に続いてエレベーターへと向かってゆく。

「そうだ、納さん、これから飲みに行きません？」

「おう、いいな」

談笑する彼らの背を暫く眺めていた田宮は、二人に向かって深く頭を下げると病室へと戻るべく踵《きびす》を返した。

田宮が病室に戻ると、起きているのが辛《つら》かったのか、高梨はもうベッドに横たわっていた。

「大丈夫か」

どう見ても大丈夫じゃないか、と心の中で突っ込みを入れながら、田宮が高梨の顔をじっ

と見下ろす。

「……ごろちゃん」

高梨が苦労して上掛けから手を出そうとするのを、田宮は上から押さえて制した。

「無理するなよ。もう寝た方がいいよ」

な、と田宮は微笑むと、ベッドサイドの灯りを消した。室内は真っ暗になったが、やがて非常灯の光りや、微かに開いたカーテンの間から部屋に差し込む月明かりのせいで、ぼんやりと物の輪郭が見える程度には田宮も目が慣れてきた。

「なんかあったら、すぐ声かけてくれな」

田宮がそう言い、ぽん、と上掛けの上から軽く高梨の身体を叩いてやると、

「……ほんま、おおきに」

高梨が静かにそう告げ、田宮をじっと見上げる気配が伝わってきた。

「おやすみ」

田宮が高梨の上に覆《おお》いかぶさり、そっと唇を塞《ふさ》ぐキスをする。

「……おやすみのチュウ」

顔を上げ、照れて笑った田宮の耳に、

「もいっかい」

高梨がそう言う声が響いてきた。

「おやすみ」

言いながら田宮は、再び高梨の唇を塞ぐ。

「……ん……」

薄く開いた唇の間から伸びた互いの舌が交差し、やがてきつく絡み合う。傷に障《さわ》るのではと田宮が身体を引きかけるのを、絡めた舌を吸い上げて制した高梨は、なかなかくちづけをやめようとしなかった。

「……ぁ……」

唇の端から零れそうになる唾液《だえき》を追いかけ、何度も唇を合わせ直しながら互いの口内を嬲《なぶ》り合う。キスだけでは物足りなくなったようで、上掛けから手を出し、田宮の背を抱き寄せようとした高梨だったが、

「いてて……」

誤ってヒビが入った方の手を動かしてしまったようで、苦痛の声を上げたのを機にようやく二人は唇を離した。

「大丈夫か？」

「大丈夫や……」

いてて、と呻く高梨の腕をそっと摑み、田宮が再び上掛けの中へとしまってやる。

「……ほんま、はよ怪我治さんとな」

「どういう動機だよ」

ふふ、と笑った田宮は最後に、とばかりに、

「おやすみ」

と高梨の唇に、ちゅ、と音を立ててキスをした。

「……愛してるで、ごろちゃん」

高梨があまりにしみじみとした口調でそう告げる。

「……俺も。愛してる」

胸に溢れる想いが伝わりますようにと祈りつつ、田宮も熱くそう囁《ささや》くと高梨の額に、頬に、何度も唇を押し当てるようなキスを落とし続けた。


高梨が雪下の暴行を受けたという知らせで捜査本部がごった返しているところに、大阪での捜査にあたっていた藤本と小池《こいけ》が戻ってきた。秘書の水原の素性が明らかになったという報告に、金岡課長をはじめ捜査一課の皆は色めきたった。

「やはり水原は井口精密の社長の息子でした。秋彦を引き取った水原隆文《たかふみ》はもう亡くなっとったんですが、斉藤社長が井口社長夫妻を殺したに違いないと、いつまでも言うとったらし

い、いう話を親戚連中から聞いてきました」

「それを幼い頃から聞いて育った水原が斉藤に復讐しようと彼の会社に入社して近づいた……考えられるな」

藤本の報告に金岡が大きく頷いたのに、

「その水原と斉藤の関係ですが」

新宿署の橋本《はしもと》刑事が挙手し、報告を始めた。

「どうやら斉藤には男色趣味があったようでして、水原も関係を結んでいたのではないかという話を社で聞いてきました」

「なんだと？」

「なんやて？」

金岡や藤本が驚きの声を上げる中、橋本は「私も驚いたんですが」と報告を続けた。

「水原の前の秘書という男はもう斉藤エンジニアリングを退職しているのですが、その男から聞いたんです。やはり彼も相当な美青年でしたが、斉藤との性的関係を認めただけじゃなく、水原にご寵愛《ちょうあい》を奪われたということまで教えてくれました。斉藤社長は気に入った若い男を、札びらで頰を張って口説《くど》くところがあったらしく、二丁目界隈《かいわい》でも有名だったそうです。社内でも何名か関係を強要された若手がいるという話で、当該の社員に聞き込んだのですが、二名は認めたものの、あとの社員たちからは事情聴取を拒否されました」

「二人も認めとるんやったら、ほんまなんやろ」

「あの社長がホモか……社長こそ相当ハンサムではあるが、男が好きだったとはね」

なるほど、と捜査員たちが頷き合うのに、

「それからこれは、納さんがある筋から聞き込んだ話なのですが……」

納は高梨の病院に付き添っているため、代わりに自分が発表すると前置きし、橋本がまた口を開いた。

「このひと月というもの、水原と雪下がこそこそと何事かを相談していたそうです。それより半年くらい前に二人は知り合い、どうやら恋人同士になったという話なんですが、裏は取れていません」

「水原と雪下の間にも関係があったのか……」

「またこれも裏が取れていないので、報告するのはどうかと思われるのですが……」

金岡課長の相槌《あいづち》に、橋本は言おうか言うまいか少し迷ったそぶりをしたが、

「なんでもいい。報告してくれ」

課長の言葉に促され、「それなら」と話し始めた。

「その雪下と水原の出会いのきっかけなんですが、今から半年くらい前に、新宿のホモバーに泥酔《でいすい》した水原がやって来て、『誰でもいいから抱かれたい』と騒いだからだそうなんです。雪下はそれを諌《いさ》めて色々話を聞いてやり、それで恋人同士になったらしいんですが、水原が

自暴自棄《じぼうじき》になったきっかけが誰かに強姦《ごうかん》されたからじゃないかと思われる節があるそうです」

「……それが斉藤やった？」

藤本がどこか呆然とした顔で、橋本に向かって問いかける。

「わかりません。ただ、その後水原と雪下の会話に『親の仇』云々、という単語が出てきたらしい、という報告も、先ほど納さんからありました」

「親の仇か……」

「むごいこっちゃ……」

呟く金岡の声と、大きく溜め息をつく藤本の声が重なった。会議室が重苦しい空気に満たされる。

「……水原の行方はまだ、わからんのですか」

沈黙を破ったのは小池だった。

「ええ、都内に潜伏しているらしいのですが、まだ見つかってはおりません」

「指名手配かける言うても、状況証拠だけやさかいな……」

ううん、と藤本が唸るのに、

「そうなんですよ。水原が斉藤を恨んでいたという裏づけも取れていなければ、彼が斉藤社長を殺したという証拠もない。任意で話を聞くくらいしかできないが、行方をくらまされていちゃ話をきくこともできない」

困りました、と金岡も唸り、また室内は重苦しい沈黙に覆われた。

「しかし、いつまでも姿を隠しているわけにはいかないでしょう。一体水原はこれからどうするつもりなのか……」

「まずは水原の行方を徹底的に捜すことだ。それから雪下！　彼は今日、高梨警視と新大久保で接触している。高梨を殴ったあとの奴の行方を徹底的に洗え！」

金岡の凛《りん》とした声が室内に響く。

「なんとしてでも捜し出せ！　いいな？」

「わかりました！」

「はいっ」

刑事たちは自身のやる気を鼓舞するような大声を上げると、次々と会議室を駆け出していった。

「ワシらも行くで」

「はい」

藤本と小池も東京の刑事たちのあとに続いて夜の街へと飛び出していったのだが、夜が明けるまで聞き込みを続けても雪下の行方も、そして水原の潜伏先も摑むことができず、また捜査員一同、悶々とした思いを抱きつつ夜明けを迎えることとなった。

8

捜査員たちの必死の捜索にもかかわらず水原の、そして彼と行動を共にしていると思われる雪下の行方は杳《よう》として知れなかった。

犯行そのものから水原を犯人とする証拠が出ないものかと、大阪府警の協力のもと、改めて事件現場の捜査や凶器の入手先などの洗い出しが行われた。だが、目撃証言も取れず、凶器のナイフも製造元を調べたところ軽く五年は前に作られたロットであることがわかったくらいで、入手先は知れなかった。

一体水原は、そして雪下はどこに姿を消したのか——翌日も捜査員たちは靴底を磨《す》り減らして聞き込みに精を出したが、二人に繋がる新たな情報は何も得られず、捜査本部には更なる焦燥感が募っていった。

夕方の捜査会議が終わったあと、納は高梨を見舞いたいと言う藤本と小池を伴い、警察病院を訪れた。

「大丈夫ですか、高梨さん」

包帯だらけの高梨を前に、藤本と小池は驚きの声を上げたが、高梨はなんでもない、というように明るい笑顔を彼らに向けた。

「大丈夫ですわ。わざわざ来てもろてすんません」

「大丈夫やないでしょう。ほんま、許せませんな」

憤った声を上げた小池を、まあまあ、と怪我人の高梨が宥《なだ》めている間に、納が定期連絡を入れようと病室の外へと出ていった。

「しかし藤本さんもお疲れでした。無事、水原の素性を確かめられたそうで」

小池の怒りをかわそうとしたわけではないが、高梨は昼間、見舞いがてら報告に来た竹中《たけなか》から聞いた話を藤本へと振った。

「おかげさんで……。やっぱりあのときの小学生が水原やったんか、思うたらほんま、なんとしてでも見つけ出さなならん、思いましたわ」

「……復讐のために斉藤に近づき、殺した……それがほんまやったら、なんと申しますか……」

気の毒だ、と言いかけた高梨が口を閉ざす。そんな軽い言葉で表現するのは、水原に対しても、そして殺された斉藤に対しても申し訳ないと思ったが故なのだが、藤本はそんな高梨の胸の内を察したようで、

「ほんま、やりきれません」

そう相槌を打ち、頷いてみせた。

「しかしほんまに水原も雪下も、どこぞに隠れとるんやろ。いくら東京が広い言うても、ここまで捜して見つからんいうことは、どこか別の場所におるんやないやろか」

小池がそう言うのに、

「いや、下手に地方に飛ぶより、東京で身を隠しとった方が目立たん、思います。ただいつまでも隠れとるわけにはいかん思うんで、そろそろ動き出すんやないかと……」

高梨がそう答えたとき、病室のドアが勢いよく開き、血相を変えた納が飛び込んできた。

「大変だ、高梨！　雪下と水原の行方がわかった」

「なんやて？」

驚いて身を乗り出した高梨は、勢い余ってヒビの入った骨に力を入れてしまったようだ。

「痛《つう》っ」

「大丈夫か」

慌てて駆け寄った納が高梨の顔を覗き込む。

「大丈夫や……それより、二人は一体どこに……？」

痛みを堪《こら》えながら高梨は納の腕に縋《すが》りつき、話の続きを促した。

「今、ミトモから連絡が入ったんだ。雪下が二人分の航空券を入手し海外に飛ぶつもりらしいと」

「なんやて？」

「ほんまですか⁉」

「海外ってどこでっか？」

高梨の声に、藤本と小池の興奮した声が重なった。

「行き先はわからない。だが、今夜の遅い便で成田を発《た》つんじゃないかという話だった。俺はこれから成田に向かう。何かあったらすぐ報告するから」

それじゃあ、と部屋を飛び出そうとした納に、

「待ってください、ワシも行きます」

「俺かて行きますわ」

慌てて藤本と小池が続こうとしたとき、高梨の切羽詰まった声が病室に響き渡った。

「サメちゃん！」

「高梨？」

何事だと振り返った納の目に、必死の形相の高梨の顔が飛び込んできた。

「僕も行く」

「何言ってるんだよ、その怪我で」

「どうってことあらへん、頼む、サメちゃん」

言いながら高梨が上掛けを引き剝《は》ぎ、ベッドを下りようとする。

「よせ、高梨、無茶だ」

慌てて高梨へと再び駆け寄ろうとした納は、高梨が既に病院で用意されたパジャマから普段着へと着替えていることに気づいて愕然《がくぜん》とした。

「高梨、お前……」

「そろそろ動き出すんちゃうか、思うてたんや」

にっと笑った高梨が、納に改めて頭を下げてくる。

「おい……」

「頼む、サメちゃん。足手まといには絶対ならんさかい、頼むから連れていってや」

「……高梨……」

絶句する納に、藤本が横から声をかけてくる。

「高梨さんのフォローはワシらもしますよって、一緒に行きましょうや」

たのんます、と頭を下げる藤本に、今度は高梨が絶句する。

「……藤本さん……」

「こうしてる時間が惜しいやないですか、行きましょう」

小池の言葉に、納は一瞬どうするかという顔になったが、やがて溜め息をつくと高梨の前で背を向け膝をついた。

「サメちゃん？」

「骨にヒビ入ってちゃあ、満足に歩けねえだろ」

ほら、と納が座ったまま、肩越しに振り返って高梨を見上げる。

「負ぶってやるよ。ほら」

「……サメちゃん……」

「早くしろよ。時間がねえんだから」

「おおきに」

納に促され、高梨が彼の背に負ぶさった。

「行くぜ」

高梨を背にした納が小池と藤本を振り返る。

「はい」

「行きましょう」

高梨を背負った納と、藤本、小池の三人は駆け足で病院を出て、覆面パトカーへと乗り込むと回転灯をルーフに出し車を発進させた。

「こちら納。雪下と水原が海外に飛ぼうとしているという情報を得ました。行き先は不明ですが、これから我々もとりあえず成田に向かいます」

無線に向かって叫んだ納に、

『成田だな。了解！　各航空会社にあたってみる。至急応援も向かわせるから』

緊迫した金岡の声が車内に響いたが、それで納は通信を終わらせ高梨のことを敢えて報告しないでくれた。

「七時か……成田到着は八時過ぎやな。そない遅い時間に飛ぶ飛行機はあるんやろか」

「ハワイ便やアメリカ便なら、結構遅い時間まで飛んどった思うで」

後部シートで話し合う小池と藤本の会話を頷きながら聞いていた高梨の額には脂汗が滲んでいた。痛みを堪えているに違いない高梨に、運転席の納がちらちらと心配そうな視線を向ける。

「大丈夫か、高梨」

「大丈夫やて。しっかり前見て運転してや」

ははは、と笑ってみせたものの、高梨の顔には血の気がなかった。

「無理すんなよ」

「してへんて」

無理やりのように笑った高梨が、フロントガラスの向こう、ヘッドライトに照らされた路上を真っ直ぐに見つめる。

「……このまま海外に逃がすわけにはいかんのや」

ぽつり、と聞こえないような声で呟いた高梨がヘッドライトの向こうに見ているのは誰の幻の姿なのか――問わずともわかると納は、

「そうだな」

と力強く頷いてみせる。

「カタ、つけねえとな」

「……サメちゃん……」

高梨は一瞬目線を納へと向けたが、すぐに小さく微笑むと、

「せやね」

そう頷き、また視線を前へと戻した。

「カタつけなあかんね」

「おうよ」

自身に言い聞かせるように呟いた高梨に、納が大きく頷いてみせる。

「ワシもカタ、つけんとな」

「おやっさん……」

やはり自分に言い聞かせるようにして呟いた藤本の横で、小池が緊張した面持ちでやはり大きく頷いてみせる。

それぞれ固い決意を胸に抱く刑事たちを乗せた覆面パトカーが、サイレン音を響かせながら一路成田目指して夜のハイウェイを疾走していった。

ほぼ一時間後、高梨たちは成田空港へと到着し、どうやら最終のホノルル行きらしいという情報を得て、第二ターミナルの出発ロビーへと向かった。八時を回っていたこともあり、普段より随分人の数は少ないというものの、それでもこれから海外に発とうとする旅客やら見送り客やらが行き交う中、高梨に肩を貸した納と、藤本、小池は必死で水原と雪下の姿を捜し求めた。

「ゲートのところで待ってた方がいいかもしれん」

絶対に通るところだし、という納の言葉に従い、彼らが出国ゲートへと向かいかけたとき、納に身体を預けていた高梨が、

「あ」

と大きな声を上げた。

「どうした、高梨」

「あれ、雪下ちゃうか？」

数メートル先、彼らと同じく出国ゲートへと向かい早足で歩く男の二人連れを高梨が指差したのに、

「水原や！」

藤本が叫んだと同時に駆け出していった。

「藤本さん！」

「おやっさん！」

慌てて小池があとを追い、納も高梨の身体を支えてやりながら二人連れを目指して歩き始める。

その間に藤本は二人連れの前に回り込み、驚いて足を止めた背の低い方の男に向かって呼びかけていた。

「水原さん、ちょっと待ってください」

名を呼ばれ踵を返そうとしたところに、小池が立ち塞がる。ぎょっとした顔になった水原の横には雪下がいた。

「一体なんなんです」

水原が視線を前に戻し、藤本に向かって硬い声を出す。

「ちょっと話を聞かせてもらえへんやろか」

「お断りします。急いでますので」

硬い表情のまま水原はそう言うと、藤本の横を擦《す》り抜け出国ゲートへと向かおうとした。

「待たんかい」

小池が手を伸ばし、水原の腕を掴もうとするのを、振り返った雪下が逆に彼の腕を掴んで制する。

「痛……っ」

「令状はあるのか？　任意だと言うのなら拒否する。急いでいるものでね」

ぴしゃりとそう言い捨て、雪下が摑んだ小池の手を勢いをつけて放す。小池がよろけ、転びそうになるのを冷笑を浮かべて見ていた雪下の目が、納に支えられながら真っ直ぐ自分たちの方へと向かってくる高梨を捉えた。

「………」

一瞬雪下は驚愕したように目を見開いたが、すぐにふいと視線を逸《そ》らせると水原の肩を抱《だ》いた。

「行こう」

「うん」

まるで何事もなかったかのような顔をした雪下と、相変わらず硬い表情をしている水原が、出国ゲートへ向かって歩き始めようとする。

「待て、雪下！」

その背に向かい高梨が大きな声で呼びかけたのに、二人の足はまた止まった。

「……待て待てと言うが、一体なんの権限でモノを言ってるんだ？　令状はあるのかとさっきあの刑事に言ったのを、まさか聞いてなかったわけではないだろう」

高梨を振り返ろうともせずそう言い、再び歩き始めようとした雪下の背に、

「雪下、待つんや！」

高梨は大声で叫び、納の助けを借りながら二人へと近づこうとした。その声を無視して立ち去ろうとする二人の前に、藤本と小池が立ち塞がる。

「……いい加減しつこいな。待つ理由がない。俺たちを止めたかったら令状を見せろと言ったどけ、と雪下が藤本と小池の間を強引に通り抜けようとしたとき、高梨の思いつめた声が周囲に響き渡った。

「僕はどうしても、お前を行かせるわけにはいかんのや」

「高梨……」

肩を貸していた納が思わず彼の名を呼び、雪下の背をじっと見つめる高梨の顔を覗《のぞ》き込む。

「…………」

雪下の足が止まり、ゆっくりと高梨を振り返った。火花が散るほどの視線の交差に、その場にいた者たちはこれから二人の間で繰り広げられるであろうやりとりを予測し、皆、息を呑んだ。

「逮捕でもしようっていうのか。容疑はなんだ」

先に口を開いたのは雪下だった。少しの親しみも感じられない冷たい笑みを浮かべながら、吐き捨てるようにそう問いかけてきた彼を前に、高梨が彼にしては珍しく一瞬言葉につまったのを、納が心配そうな顔で見つめている。

「お前への暴行か？　さすがに俺を恨んだか」

はっと笑った雪下の口調があまりに高梨を馬鹿《ばか》にしたものだったのを、さすがに聞き捨てならなくなったのか代わりに納が食ってかかった。

「高梨がそんな訴え起こさないとわかってるくせに、よくそんなことが言えるな！」

「お前の出る幕ではないよ、納」

更に馬鹿にした口調でそう言い捨てた雪下に、

「なにを⁉」

激昂《げっこう》した納が一歩を踏み出す。

「サメちゃん」

そんな彼を高梨は低い声で制すると、彼の代わりに一歩を進め、雪下を真っ直ぐに見つめた。

「それで国外逃亡が防げるんやったら、僕は暴行されたいう届けは出すよ。お前にはなんとしてでも、犯した罪を償《つぐな》ってもらいたいさかいな」

「…………」

額に脂汗を滲ませながら、ひと言ひと言、噛み締めるような口調で告げた高梨の言葉を前に、雪下は暫くの間、何も答えずじっと彼を見返していたが、やがて、

「……本気か」

ひと言ポツリ、とそう呟き、高梨を見る目を細めた。

「本気や」

頷いた高梨が、また一歩を彼へと踏み出す。

「犯した罪、言うんは僕への暴行なんかや勿論ない。殺人の共犯としての罪や。お前には一生、そないな罪背負ったまま過ごさせたくない。せやから僕は……」

切々と訴えかける高梨の言葉に、雪下よりも傍《かたわ》らにいた水原の顔色がさあっと変わっていった。縋るような視線を己へと向けてきた水原の肩を、雪下は一瞬抱いたあとすぐに離すと、

「もういい。逮捕でもなんでもすればいいだろう」

きっぱりした口調で高梨の話を遮《さえぎ》り、一歩を踏み出してきた。

「だが容疑はお前への暴行だ。殺人の共犯だのなんだの、わけのわからない話はよしてくれ」

「……雪下……」

「聡一《そういち》さん……」

水原がよろよろと雪下へと歩み寄り、彼の腕を摑もうとする。雪下はその手を握り、水原に目を細めるようにして笑いかけた。

「悪いな。一人で行ってくれ」

今まで見せたことのない優しげな笑みを浮かべた雪下の言葉に、水原は絶句し立ち尽くしていたが、そんな彼の手を雪下は離すと、ほら、というように背を押し、出国ゲートへと向

かわせようとした。

「雪下」

「こいつは無関係だ。お前らに邪魔させるわけにはいかない」

高梨の咎める声を撥《は》ね退《の》けるような激しい視線を向けてくる雪下が、更に水原の背を押し歩かせようとしたそのとき、

「すまんかった‼」

いきなり藤本の大声が響き渡った。と次の瞬間、藤本がいきなり水原の前で正座し、まるで這《は》いつくばっているように見えるほど深く頭を下げたものだから、水原は勿論、雪下も、そして高梨や納、小池も驚いて土下座する藤本に注目した。

「ワシが悪かったんや！　十五年前、あんたのご両親の心中事件、ワシも他殺やないかと疑っとったのに結局何もでけんかった。ほんますまん！　悪いのはワシや。あんたにこないな事件起こさせてもうたのはみんな、ワシら警察の責任や！」

「……何をおっしゃってるのかわかりません」

藤本の血を吐くような叫びを聞いていた水原が、震える声でそう言うと、よろり、と一歩を前に踏み出そうとした。血の気の引いていた彼の頬は今や紅潮し、きつく引き結ばれた唇がわななないている。そのまま藤本の横を擦り抜け、出国ゲートに向かおうとする彼を追い、藤本はまた前に回り込んで土下座をし、行く手を塞いだ。

「ほんまにすまん！　謝ってすむことやないけど、ほんまにすまんかった！」

「……どいてください」

硬い声を出した水原の背後に雪下が駆け寄り、肩を抱く。

「今更謝ってもらったところで、父も母も……」

「よせ、秋彦」

興奮して喋り始めた水原の耳元に雪下は低くそう囁くと、じろり、と土下座をする藤本を一瞥《いちべつ》し、振り返って高梨と納に鋭い視線を向けてきた。

「さっきも言ったが、こいつの出国を阻む理由はないはずだ」

「ワシもこの人に、一生罪を背負わせたくないんや！」

雪下の声に、藤本の悲愴な声が重なった。

「………」

水原がよろり、と後ろによろけそうになるのを、雪下がしっかりと華奢《きゃしゃ》なその身体を抱き止め支えてやる。

「十五年前の事件からきっちり調べ直すさかい、ワシが責任持って斉藤があの事件の犯人やったことを立証する！　せやから……」

「嘘だ！」

藤本の言葉を水原の泣き叫ぶ声が遮った。

「秋彦、何も喋るな」

雪下が水原を黙らせようと彼の身体を抱き締める。

「嘘やない！」

「嘘だ。もう時効が成立している事件を、警察が調べるわけないじゃないか！」

「秋彦！」

藤本が必死の形相《ぎょうそう》で叫ぶのに、水原もまた叫び返す。黙れ、と雪下が彼の身体をまた抱き締めたそのとき、

「時効はまだ成立してへん」

高梨の凜とした声が周囲に響き、水原が、そして雪下が驚いたように彼を振り返った。

「……うそだ……」

「嘘やない。十五年前の事件のあと、斉藤はほとぼりを冷まそうとして半年ほどアメリカに出国しとったことがわかった。日本におらんかった分だけ時効の期間は延びる。せやからまだほんまに、時効は成立してないんや」

「…………」

嚙んで含めるような口調で告げた高梨の言葉を水原は呆然と聞いていたが、やがて、のろのろと顔を上げ、自分の身体を支えてくれていた雪下を見やった。

「……そうだったんだ……」

「秋彦……」

胸に縋りつく水原の背を、雪下が力強く抱き締める。

「時効成立までにワシが責任持って立件してみせる。約束するさかい……！」

藤本がまた水原の前で這いつくばるようにして頭を下げる。どこか呆《ほう》けたような顔でその姿を見ていた水原に、高梨が静かに語りかけた。

「……ご両親の無念を晴らしたい、ゆうあなたの気持ちはわかるけど、このまま逃げてもうたら、結局あなたも、斉藤と同じことをしてはるいうことになる……そない思いませんか？」

「……………………」

水原の視線がゆっくりと高梨へと移ってゆく。長い睫《まつげ》に縁取られた瞳に涙が盛り上がり、頬を伝って流れ落ちるのと同時に、水原はこくん、と首を縦に振り、ひと言、

「……そうですね……」

そう告げ、両手で顔を覆った。

「……秋彦……」

雪下がそんな水原の身体を抱き寄せ、顔を覗き込もうとする。

「……ごめんなさい……」

水原は雪下の胸に手をついて身体を離すと、にっこりと黒い瞳を細めて微笑み、首を横に振ってみせた。

「……この人は関係ありません。計画したのも僕一人だし、手を下したのも……」

水原はここで一瞬言いよどんだが、やがてキッと高梨を見ると、しっかりした口調でこう告げた。

「斉藤を殺したのも、僕一人でやったことです」

「秋彦」

雪下が水原の肩を摑む。

「……立場が反対になってしまった。あなた一人で出国してください」

水原が振り返り、また微笑んでみせたが、瞳からはぽろぽろと大粒の涙が零れ落ちていた。

「だってあなたは、まったく関係ないんだから」

「秋彦」

雪下が抱き締めようとする腕の間を擦り抜け、水原は高梨の前に立つと、

「……申し訳ありませんでした」

深く頭を下げ、両手を前に差し出してきた。

「……よう、自首してくれはりました」

高梨が微笑みながら、ぽん、と水原の肩を叩く。

「……え……」

戸惑ったように顔を上げた水原に、

「東京まで送りますよって。自首してくれはりますよね」

高梨はにっこり微笑むと、またぽん、と水原の肩を叩いた。

「自首した方が裁判官の心証がいいんだ。罪が軽くなるんだよ」

横から納が説明するのを聞いた水原の瞳には、また大粒の涙が盛り上がってくる。

「藤本さん、送ってやってもらえますか」

「はい」

藤本が立ち上がり、水原の前に歩み寄る。

「……ほんまに申し訳ありませんでした」

またも深く頭を下げた藤本に、水原は首を横に振ると、

「よろしくお願いいたします」

万感の思いを込めた口調でひと言そう言い、彼以上に深く頭を下げた。

「ほな、行きましょう」

藤本が水原と共に、出口へと向かって歩き始める。

「秋彦」

名を呼んだ雪下を水原は振り返ると、にっこりと微笑み手を振った。

「元気で」

「待ってるから」

雪下の声に、水原の笑顔が、ぴくり、と引き攣《つ》る。

「……聡一さん……」

足を止めた水原を、藤本は促そうとしなかった。雪下がゆっくりと水原へと歩み寄り、彼の肩をぐっと摑む。

「お前が罪を償って出てくるのを、俺はずっと待ってるから」

「…………」

水原の綺麗《きれい》な顔がくしゃくしゃと歪《ゆが》み、目からは再び大粒の涙が溢れ出した。うん、うん、と何度も頷く水原の背を、藤本が遠慮深く叩いて促そうとする。

「……待ってるからな」

ゆっくりと歩き始めた水原の背に、雪下の声がまた響く。水原は肩越しに振り返り、うん、と頷いてみせたが、涙に濡れたその顔が幸せそうに微笑んでいるさまが、高梨の目に印象深く映っていた。


「さてと」

藤本と小池が水原を連れて去っていくのを、彼らの背中が見えなくなるまで見送っていた雪下が、そう声を上げて高梨と納を振り返った。

「今度は俺の番か」

つかつかと高梨の前に歩み寄りながら、雪下が相変わらずの人を馬鹿にしているような口調でそう言い、ふざけた仕草で両手を差し出してきた。

「雪下」

「逮捕するんだろ？　刑事を殴っちゃ、罪が重いだろうな」

ほら、と雪下が高梨の前に、更に両手を掲げて見せるのに、

「雪下、お前なあ」

納が憤った声を上げ、雪下の胸倉を摑もうとした。

「暴力はいけないだろ」

「ふざけるなっ」

怒声を上げた納を、

「サメちゃん」

高梨が静かな声で制する。

「仲間割れはいいから、さっさと逮捕しろよ」

冷笑を浮かべ、そう言った雪下の頰が、高梨の言葉を聞いてぴくり、と微かに痙攣した。

「逮捕はせえへん」

「遠慮することはないぜ。俺にはもう、失うものなんか何もないんだからな」

ほら、と雪下がまた高梨の鼻の先に両手を突き出してくる。馬鹿にしたような口調も、顔に浮かべた冷笑もそのままであるのに、どこか切羽詰まったような雰囲気があるのを、傍で見ていた納は感じたが、本人も自覚しているようで、

「さあ」

高梨の鼻先に持っていった手で、彼の肩を軽く小突いてきた。

「……っ」

傷に障ったのか、高梨は一瞬顔を歪めたが、心配した納が声をかけるより前に、大丈夫だと首を横に振ると、きっぱりとした口調で雪下にまた、

「逮捕はせえへんよ」

そう言い、じっと彼を見据えた。

「なんでだよ」

「友達との喧嘩《けんか》を、警察に訴えるような阿呆は、どの世界にもおらんやろ」

高梨の言葉に雪下は一瞬啞然《あぜん》としたように彼を見返していたが、やがて箍《たが》が外れたような大声で笑い始めた。

「友達⁉　馬鹿言うなよ」

哄笑《こうしょう》というに相応《ふさわ》しい大笑いに、周囲を行き交う人が皆、何事かと振り返る。

「本当にお前はおめでたいよ」

あはは、とひとしきり笑ったあと雪下は笑いすぎたせいで涙が滲んでしまったと手の甲で目を擦《こす》ると、

「逮捕しないっていうなら失礼するぜ」

そう言い、踵を返した。

「雪下」

高梨の呼びかけに歩き始めていた雪下の足が一瞬止まる。

「笑わせてもらったよ。それじゃ、またな」

雪下は肩越しに高梨を振り返ると、またふっと馬鹿にしたように笑い、すぐ前を向いて歩き始めた。立ち去りながら片手をひらひらと振る様子を高梨は暫くじっと見つめていたが、納が傍らに立ったのに気づき、視線を彼へと向けた。

「……あのまま帰して本当によかったのかよ」

未《いま》だに憤りを感じているらしい納が問いかけてくるのには答えず、高梨は、

「なあ」

再び遠ざかってゆく雪下の背中を見ながら納に声をかけた。

「なんだよ」

「……あいつ、『またな』言うたよな」

「……ああ」

高梨の声が震えていることに気づき、納はそっと彼の顔を窺《うかが》った。

「……いつか……どれだけ先かわからんけど、いつかはまたあいつと昔みたいに、酒飲める日が来るんちゃうか……そう思うんは甘いかな」

「……来ると思うぜ」

友達だからな、と納が高梨の肩をぐっと抱く。

「……せやね」

微笑みながら高梨は指先で目をそっと擦ると、

「僕らも帰ろうか」

そう納に笑いかけ、やはり目を擦っていた彼と瞳を見交わし笑い合った。


水原の『自首』という形をもって、斉藤エンジニアリング社長殺害事件は解決、無事送致された。

「しかしほんま、斉藤いう男は鬼のような奴でしたわ」

取り調べにあたった藤本が心底憤りながら伝えたところによると、斉藤は最初から水原を、自分が殺害した井口社長の息子と知り、自分の秘書に取り立てたのだという。

水原は育ての親に、斉藤がＬＥＤの特許を奪うために自分の両親を殺したと聞かされており、それを確かめようと、出生を隠して斉藤エンジニアリングに入社した。男色家の斉藤に目をつけられ、秘書として取り立てられたあと、肉体関係を強要されたときにも、少しでも斉藤の懐に飛び込めるならと目を瞑《つむ》って受け入れたのだという。

初めて斉藤に抱かれた夜、自暴自棄になって新宿二丁目の店で飲んだくれていたときに雪下に出会い、問われるがままに事情を説明してしまったあとは、雪下が斉藤の過去の犯罪を探るのを手伝ってくれるようになった。

時効の日が刻々と迫る中、なんとか斉藤の尻尾《しっぽ》を摑もうと、過去の悪行をにおわせる脅迫状を出したのも、雪下の考えだった。警察を動かそうとしたその計画は、だが斉藤本人が届けを取り下げたことで達成できず、なんの手がかりもないままに時効の日を迎えることになってしまった。

時効が成立した夜、水原は斉藤の家に呼び出され、いつものように抱かれた。行為のあと斉藤が酷く陽気な声で「乾杯をしよう」と水原に命じ、シャンパンを用意させたのだそうだ。

「乾杯」

グラスを合わせると、斉藤はさも可笑《おか》しくてたまらないというように大声で笑い、何が可笑しいのかと眉を顰めた水原に向かって、こう言ったのだという。

「どうだ、親の仇に抱かれてきた気分は」

最初からお前が井口社長の息子だとわかっていた。憎い親の仇に抱かれて悶えるお前を見るのが楽しくて仕方がなかった、と笑う斉藤を目の前にしたとき、水原の胸に殺意が芽生えた。

時効が成立するまでは下手な動きはさせまいと、斉藤は水原を秘書として傍に置いていたのだろうが、今後は前の秘書のように解雇されるかもしれないと水原は案じ、できるだけ早いタイミングでの犯行を計画しようとしたのだが、それを察した雪下はなんとしてでも水原を思いとどまらせようとしたのだそうだ。

「自分が犯罪者になってどうする」

そんなことをしてもご両親は喜ばない、という雪下の言うことは理解できたが、どうしても憎いという気持ちを抑えることができなかった。犯行に及ぼうとすると雪下の妨害が入る。それなら、と雪下の目の届かない大阪で殺そうと決意し実行したのだと水原は淡々と自白し、斉藤殺害には雪下は一切関与していないと、何度も繰り返したのだそうだ。

「ほんまに気の毒やった……十五年前、ワシが事件を見逃しさえせんかったら……」

事件解決の打ち上げが捜査一課の会議室で開かれたのだが、その席でも藤本は深く項垂《うなだ》れながら痛恨の思いを語った。

「水原の犯行を、情状酌量の余地ありと裁判官に認めさせるためにも、十五年前の事件も必ず立件しましょう」

金岡が力強くそう言い、藤本の肩を叩く。

「そうですよ。おやっさん、頑張りましょう」

小池も藤本の腕を摑むのに、

「せやな」

藤本は深く頷き拳《こぶし》を固めて、決意を新たにした心境を周囲に示してみせた。

「それにしても高梨さん、ほんまに大丈夫でっか？」

打ち上げには高梨も参加していた。まだ退院には早かったのだが、自宅で療養したいと無理やり出てきてしまったのである。

「これしきの傷、大丈夫ですわ」

明るく笑う高梨の隣には、付き添いよろしく田宮が微笑んでいた。その日が日曜日であったため、高梨が藤本と小池に食べさせたいと無理を言い、打ち上げ用に田宮に稲荷寿司《いなりずし》を差し入れてもらえないかとお願いし、快く引き受けた田宮が先ほど重箱いっぱいに詰めた大量の稲荷寿司を届けに来たのだった。

「水原を説得できたんもみな、高梨さんのおかげですわ」

ほんまにありがとうございました、と藤本が深々と礼をしてくるのに、

「そらちゃいますわ」

高梨は笑顔で首を横に振り、藤本に顔を上げさせた。

「藤本さんの心のこもった説得が、水原の気持ちを動かしたんやと思います。僕がしたんは、最後にちょい、と背中を押したった、それだけですわ」

「そないなことおまへん。みんな高梨さんの……」

それでも尚藤本が頭を下げようとするのを、

「まあ、ええやないですか。それよりお稲荷さんどうぞ。僕が言うのもなんやけど、ほんまに美味《うま》いですよ」

高梨はそう藤本の背を叩き、テーブルへと促した。

「ほんまに美味《おい》しいですわ」

既にいくつめかわからない、と口いっぱいに稲荷寿司をほおばった小池が藤本に、

「おやっさんもどうぞ」

と取り皿を差し出す。

「捜査一課名物です」

胸を張った竹中に向かい、

「勝手に名物にせんといてな」

高梨がふざけて殴る真似《まね》をしたそのとき、室内の電話が鳴り響いた。

「はい、捜査一課」

金岡が受話器を取る周囲に、刑事たちが緊張の面持ちで集まってくる。

「……はい……はい……そうですか。ありがとうございました」

短い会話のあと、最後笑顔で電話を切った金岡に、

「なんですか？」

高梨が皆を代表し、電話の内容を尋ねた。

「マル暴からだ。前々から捜査一課と一緒に追っていた、山崎組組長の組員殺害容疑な」

「ああ、身代わりが出頭してきた、あれですか」

殺したのは組長の山崎であるという噂はあったものの、確たる証拠がないために立件できずにいたのだが、その事件がどうかしたのかと問い返した高梨は、金岡の答えを聞くうちなんとも言えない顔になっていった。

「それが匿名《とくめい》のリークがあってな。山崎組の覚醒剤取引と、山崎組長が組員殺害にかかわってる決定的な証拠をマル暴が押さえたらしい。それでウチにも報告が来たんだ」

「匿名のリーク……」

「山崎組っておい、高梨、それもしかしたら……」

納が高梨に駆け寄り、どこか呆然としている彼の顔を覗き込む。

「……どない思う？　サメちゃん」

「俺は奴だと思うぜ」

微かに震える声で問いかけた高梨に、納が力強く頷いてみせる。

「……やっぱりそうやろか」

呟く高梨の目が潤んでいることに気づいた田宮が、そっと背に回した手に力を込めた。

「……ごろちゃん」

気づいた高梨が田宮に、煌《きらめ》く瞳を向ける。

「よかったな、良平」

いつもは人前では決して名を呼ぼうとしない田宮が、力強く高梨にそう呼びかける。

「こうなったらダブルでお祝いだ！」

陽気な納の声が室内に響いたのに二人顔を見合わせ微笑み合うと、互いの背に回した手にぐっと力を込めたのだった。


「良平、大丈夫か」

打ち上げが終わったあと、高梨は田宮と共に彼のアパートへと――二人の愛の巣へと戻ってきた。

「大丈夫やて」

高梨は微笑んで答えたが、ベッドに横たわるのに田宮が手を貸してやらなければならないことには恐縮し、改めて田宮に詫びた。

「……色々世話かけることになる思うけど、ごめんな」

「別に気にすることないよ」

田宮はことさらなんでもない、というように笑うと、高梨のシャツのボタンに手をかける。

「ごろちゃん？」

「脱ぐの大変だろ？」

言いながらボタンを外してゆく田宮に、高梨がようやくいつもの調子でふざけて笑いかけてきた。

「なんや、エッチなこと考えてもうたわ」

「馬鹿じゃないか」

お約束の口癖を返した田宮の手が高梨のベルトにかかる。

「…ほんま、なんやエッチやね」

「まだ言うか」

呆れた口調になった田宮だったが、ふと顔を上げ、高梨をじっと見下ろしてきた。

「なに？」

「……抜こうか？」

「……ごろちゃん」

驚いた顔になった高梨を前に、田宮の白皙《はくせき》の頬にみるみるうちに血が上ってくる。

「だってもう……」

その先は言われないでも、自身の雄が既に勃ちかかっていることに高梨が気づかぬわけもなかった。

「いや、そないなつもりやないんやけど……」

田宮に服を脱がされているというシチュエーションについ、と口ごもった高梨のスラックスのファスナーに田宮の手がかかる。

「……じゃあどんなつもりなんだよ」

ぼそり、と言った田宮が、ファスナーを下ろし、中から高梨の雄を引っ張り出した。田宮の手の中で一段と硬さを増した自身に、高梨は彼らしくなくいたたまれなさを感じているようで、

「かんにん」

小さくそう詫び、ちら、と田宮の顔を見上げた。

「……別に謝ることじゃないだろ」

やはりぼそりとそう言った田宮の口調は、少し怒っているようだった。照れたときの田宮

は怒ったような口調になる。

「そらそうやな」

ははは、と笑った高梨だったが、田宮が自身の雄へとゆっくり顔を近づけていくのには笑ってなどいられなくなった。

「ごろちゃん、無理せんでもええよ」

「無理じゃないよ」

やはり怒ったような口調で告げた田宮の唇が高梨の先端に触れた。

「……っ」

びく、と田宮の手の中で高梨の雄が大きく脈打つ。その動きに誘われるように田宮は口を開け、高梨の雄を中へと含んでいった。

「……ごろちゃん……」

竿《さお》を手で扱《しご》き上げながら、先端に舌を絡める。高梨に体重をかけないように気をつけながら一心に彼をしゃぶり続ける田宮の姿を見るだけでも高梨は昂《たか》まり、田宮の口の中で彼の雄は一気にかさを増していった。

「……ん……」

口いっぱいに広がる量感に苦しげに眉を顰めつつも、田宮は口淫をやめず、ひたすら舌を使い続ける。

「……ごろちゃん、あかん……」

怪我のせいもあるのか、少しも抑制が利かずに今にも達してしまいそうになった高梨がそう声をかけても、田宮は高梨を離そうとせず、反対に勢いよく竿を扱き上げ、先端にきつく舌を絡めてきた。

「……あかん……っ……」

我慢できずに高梨は達し、田宮の口の中にこれでもかというほど精を吐き出してしまっていた。田宮が高梨の精液をそのまま飲み下す、ごくん、と喉《のど》を鳴らす音が下肢から響いてくる。

「……かんにん……」

乱れる息の下高梨が詫びたのに、田宮は紅潮した顔を上げると、ううん、というように首を横に振ってみせたあと、心配そうに高梨に問いかけてきた。

「大丈夫か？」

傷に障ったのではないかと案じている田宮に、高梨は不自由な両手を伸ばす。

「なに？」

「……愛してるよ。ごろちゃん」

一人で悩んだり苦しんだりしてもらいたくないと言ってくれた、それがどれだけ嬉《うれ》しかったか。仲違《なかたが》いした友との新たな心の繋がりを共に喜ぶことができることが、どれだけ幸せな

ことか。胸に溢れる想いを伝えたくて高梨は、近く顔を寄せてきた田宮の背に両手を回し、自身の胸に抱き寄せようとする。

「……俺も。愛してる」

身体を預けては怪我に障るだろうと気遣い、両手を顔の横について体重を支える田宮の背を高梨は万感の想いを込めてぐっと抱き締め、口淫のあとだからと顔を背ける田宮の唇を熱いキスで塞いだ。

エピローグ

「よう、話してくれはりました」

　取り調べにあたったのは、藤本という大阪府警の刑事だった。十五年前の僕の両親の殺害事件を担当した一人だという。

「……ほんまに、申し訳ありませんでした」

　この刑事にこうして詫びられるのは何度目だろう。僕は目の前で机に額を擦りつけるようにして頭を下げる彼をぼんやりと見つめてしまっていた。

　十五年前、育ての親の水原さんがいくら警察に訴えても、あれは心中だと相手にもしてもらえなかったという。涙を流して悔しがっていた水原さんなら、この刑事の謝罪を嬉しく思うだろうかと、そんなことを考えていた僕の前で、藤本という刑事は涙に濡れた顔を上げた。

「ほんまにすみませんでした。辛い十五年を過ごさせてもうて……」

「……いえ……」

　それを謝っていたのか、と僕は初めて彼の謝罪の意味を察したと同時に、彼の言う『辛い十五年』を振り返ってみた。

両親を殺した斉藤社長への復讐だけを考え続けた十五年だった。運良く彼の会社に入社でき、秘書として取り立てられたことで、懐に飛び込めたと喜んだのも束《つか》の間、それがすべて斉藤が僕の動きを封じ込める策略だと知らされたときの悔しさ――憎しみだけを抱《かか》えてきたこの十五年は、確かに彼の言うよう、『辛い十五年』だったかもしれない。

憎い男を殺すことにはなんの後悔もなかった。親の仇討ちを果たせたとき、爽快なほどの達成感はあったが、罪悪感は殆どなかったといってよかった。

この刑事の言う『辛い十五年』が終わった瞬間、僕の胸は確かに満足感に溢れていた。これから僕の新たな人生が始まるのだと思っていた。

僕が斉藤を殺そうとしているのを、あれだけ止めた聡一さんも、実際僕が手を下したあとは僕を国外に逃がす準備に明け暮れてくれた。

聡一さんと二人、海外でまったくの別人として暮らす――素晴らしい第二の人生だと、僕はその日を指折り数えて待っていたのだけれど、準備が整うにつれ何故か実現しないような、漠とした不安に囚《とら》われるようになった。

多分僕は、気づいていたのだと思う。別人としての第二の人生など幻にすぎないということに。

そんな人生などこの世にはあり得ないのだ。積み上げてきた人生を断ち切り、まるでゲームをリセットするかのように新たに一から人生を始めることなどできるわけがないということを、僕は頭のどこかで理解していたのだろう。

それを気づかせてくれたのが、空港で僕らを止めたあの、怪我をした刑事だった。

聡一さんとは昔馴染《なじ》みであるらしいあの刑事に言われた言葉が、僕の胸に突き刺さった。

『……ご両親の無念を晴らしたい、ゆうあなたの気持ちはわかるけど、このまま逃げてもうたら、結局あなたも、斉藤と同じことをしてはるいうことになる……そない思いませんか？』

確かに彼の言うとおりだった。あのまま国外に逃げ出し、新たな人生を歩んだとしても、その新しい人生は斉藤と同じく、十五年間、時効が成立するまでを待ち続ける人生に他ならなかっただろう。

自身の犯した罪を償わずして、新しい人生など送れるわけがない。自分の歩んできた人生の上に、新たな人生を積み上げることはできても、過去を消すことなどできないのだと、あの刑事は僕に教えてくれた。

罪を償ったあと、ようやく僕の第二の人生が始まる。

『待ってるから』

約束してくれた彼と——聡一さんと共に歩んでゆく、本当の意味での第二の人生が。

『お前が罪を償って出てくるのを、俺はずっと待ってるから』

その言葉を聞いた瞬間、僕の『辛い十五年』は終わった。彼の言葉に僕は生まれて初めて、幸せ、という言葉の意味を身をもって理解できたと思った。

思えばこれまでの僕の人生は『幸福』とはかけ離れたところにあったと思う。憎しみや恨みにまみれた日々を送っていた僕は、聡一さんと出会って初めて、人の肌の温かさを知った。彼の胸が温かかったのは、彼の心が温かかったからだ。僕は愛される喜びも、愛する喜びも彼に教えてもらった。

愛する人に愛される、それがどれほど幸せなことであるかということも――。

彼のためにも、僕は心して罪を償おうと思う。犯した罪ごと僕を受け入れ、待っていると言ってくれた彼のために。

生まれて初めて、僕に幸せの意味を教えてくれた彼と笑顔で再び向かい合い、新たな人生を送る、そんな日を夢見て――。

「斉藤を殺したこと、さっきあなたは後悔してへん、言うてましたけど、ほんまに今も後悔してませんか？」

藤本刑事が僕に改めて問いかけてきたのは、『後悔している』と僕に言わせたいからだとわかっていた。

調書はそのまま裁判に使われる。反省しているという姿勢を貫いた方が、裁判官の心証がいいと、気を遣ってくれているのだろう。

「そうですね、今は……」

後悔しているか、と僕は己に問いかけてみる。している、という答えを待たれていることはわかっていたけれど、自分の心に嘘はつけなかった。

「今も後悔はしていません……でも……」

「でも？」

藤本刑事が僕の顔を覗き込んでくる。

「……罪を犯したことを一生隠そうとした、そのことは後悔しています。それともうひとつ……」

「もうひとつ？」

「愛する人を犯罪に巻き込んでしまった。そのことも後悔しています」

僕の答えに藤本刑事は一瞬虚を衝かれた顔になったが、やがて後ろを振り返ると、

「今の部分、調書に書かんでええから」

書記を務めていた小池という若い刑事にそう告げた。

「……え？」

どうしてだろう、と首を傾げた僕に、藤本刑事が人のよさそうな笑顔を向けてくる。

「雪下さんは事件には無関係やったって、さっきあなたがおっしゃったやないですか」

「……あ……」

そうだった、と唇に手をやった僕に藤本刑事は、

「まあ、検事には後悔しとる、反省しとると言うといてください」

目を細めてそう笑うと、呆然としている僕の肩をぽん、と叩き、取り調べは終わったと告げた。

罪悪感

「田宮《たみや》、お前、今晩空いてるよな？」

課長が笑顔で誘ってくる。彼の隣には関西支社の本村《もとむら》次長が待ちきれない顔で立っていた。本村次長には、大阪で出展した展示会の際にも世話になっている。確かに『空いて』いるだけに、これから飲みに行こうという誘いを断るのは憚《はばか》られた。

昨夜は接待、その前日はのっぴきならない状態での残業で、ようやく今日、三日ぶりに定時に帰れる状況が整ったというのにまさかの社内飲みとは、と天を仰《あお》ぎそうになるのを、宮仕えゆえ、と、ぐっとこらえる。

頭に浮かんだ彼の——部屋で一人、不自由な思いをしているであろう良平《りょうへい》の姿に、心の中で詫《わ》びつつ『行きます』と告げようとしたそのとき、

「すみません、課長。田宮さんをこれからお借りしたいんですけど」

いきなり横から富岡《とみおか》が声をかけてきたものだから、俺をはじめ課長も本村次長も驚いて彼を見た。

「実は品川の現場の所長を少々怒らせてしまいまして。謝りに行こうとしてるんですが、僕一人では会ってもらえないんです。お前の顔なんか見たくない、空調機担当の田宮さんを連

れて来いの一点張りで」

「おいおい、しっかりしてくれよ」

課長がうんざりした顔になり、横では本村次長が、やれやれ、というように肩を竦《すく》める。

「すみません、一緒に謝りに行ってもらえませんか」

「……いいけど……」

つくづく、ついていない。俺の頭に最初に浮かんだのはその一言だった。

俺が空調機器を、富岡が発電機を入れることになった現場のサブコンの所長は気難しいオヤジで、ちょっとしたことですぐヘソを曲げる。

彼の機嫌を直すには、ただひたすら謝った挙げ句、所長の誘いに乗る形で新宿のキャバクラに連れていく――費用は当然ウチが持つ――という道しかないのだが、このキャバクラ滞在時間がまた長いのだ。

社内飲み以上に憂鬱《ゆううつ》ではあるが、それこそ仕事なので行かざるを得ない。

「すみません、そういうことなんで」

富岡が課長と本村次長にぺこりと頭を下げる。

「仕方がないな」

「それじゃ田宮君、またの機会に」

課長が不承不承、本村次長が残念そうに声をかけてくれたのに俺も、

「本当に申し訳ありません」

と頭を下げると、まったくもう、と溜《た》め息《いき》をつきたくなるのをこらえ富岡を見た。

「行くぞ。手ぶらでいいかな」

「一応酒でも買っていきますか」

課長が他の課員たちを飲みに誘っているのを横目にフロアを出る。

「お前何やって怒らせたんだよ」

富岡が現場所長を怒らせたのは今回二度目だ。もともと所長は商社嫌いなのだが、その理由の一つが『会話の端々に横文字を使う』という、言っちゃなんだがそれ？　というものだった。英語を使ってるのが、かっこつけているように見えるというのだ。

俺も英語が超がつくほど苦手なので、気持ちはわからないでもない。『かっこつけてる』とは思わないが、会議の最中、今のどういう意味？　と思うことがあると結構落ち込む。なので俺はそう気にせずとも所長の怒りに触れるような発言をせずにすんでいたのだが、富岡は英語が超がつくほど得意なため、本人にはその気がないのに所長を激怒させてしまったのだった。

富岡が発電機のプレゼンをしたいと所長に申し出、開いてもらった企画会議の初《しょ》っ端《ぱな》、

「本日のアジェンダをご覧ください」

と言ったのが逆鱗に触れた。社内のプレゼンや会議の際にはポピュラーな言葉だったのだ

が、『会議の進行表』をなぜわかりにくい英語で言うのかと怒られ、結局その日はプレゼンテーションまでに至らなかった。

機嫌を直して貰うのに散々苦労したのだが、まさか同じ轍《てつ》を踏んだんじゃあるまいな、と富岡を睨《にら》む。

「実はですね……」

エレベーターに乗り込むまで、富岡は殊勝な顔をしていた。が、ちょうどやってきた箱に乗り込み、俺たち以外無人とわかった途端、彼の態度が一変した。

「あーよかった。突っ込まれなくて」

「？　突っ込んでんだろ？」

理由を言え、と尚も睨んだところで、エレベーターは一階に到着した。

「タクシーで行くか？」

まずは百貨店に行き、手土産の酒を買って現場に向かう。急いだほうがいいだろうと乗り場へと向かおうとする俺の腕を富岡が摑《つか》み、足を止めさせる。

「なんだよ」

俺の問いには答えず、そのまま引き摺《ず》るようにして駅へと向かう富岡の手を振り解《ほど》き、

「なんなんだよ」

と眉《まゆ》を顰《ひそ》め問いかけた俺に、富岡が涼しい顔でこう告げた。

「帰りましょう」

「え？」

意味がわからない。更に眉を顰め、

「現場、どうすんだよ」

と問いかけた俺は、返ってきた富岡の答えに驚いたあまり大声を上げてしまったのだった。

「あ、あれ、嘘です」

「うそ⁉」

なんだってそんな、と足を止めた俺の腕を再び取ると、富岡は駅へと向かって歩き出す。

「ええ、嘘です。あのままだと田宮さん、飲み会に連れていかれそうだったじゃないですか。本村次長は悪い人じゃないけど、飲み始めたら長いですしね」

「…………」

確かに。頷くより前に富岡が言葉を続ける。

「昨日は接待、一昨日は残業だったし。ようやく早く帰れる日なのに、二時三時まで社内飲みに付き合わせるのも気の毒だなと思って、ちょっと気を利かせたんです」

「……富岡、お前…………」

驚きすぎて言葉が出てこない。と、富岡が、にっこりと、それは得意げに笑い、俺の肩を抱いてきた。

「なに、気にしないでください。困ったときにはお互い様……というよりは、あなたの幸せは僕の幸せなんです」

調子に乗ってべらべらと続ける富岡の、肩に回された手を払いのける。

「……お前なんで俺の予定、そんなに把握してんの？」

「あれ？　感激して泣かれると思ったんだけど」

苦笑する富岡に俺は一言、

「ストーカーみたいで気持ち悪いぞ」

と言い捨てたが、悪態をつきながらも胸には彼への感謝が溢《あふ》れていた。

「ひど」

傷ついた素振りをしつつも目は笑っているところをみると、富岡にもその気持ちは通じているようだ。

そこに甘えるのはどうかと思いつつ、課長を騙《だま》すのはよくないと、先輩として注意を施《ほどこ》すべきかと考えていた俺に、富岡がさらりと問いかけてきた。

「具合、随分よくなりました？」

『誰の』と問われなくても、彼が良平のことを聞いているのは明白だった。

「おかげさまで」

答えながら俺は、富岡が何か嫌みを言うだろうなと予測し身構えていた。富岡と良平は犬猿の仲で、顔を合わせれば二人して笑顔を絶やさないながらも、子供か、と突っ込みたくなるような馬鹿馬鹿しい諍《いさか》いを始めるからである。

が、予想に反して富岡は、しみじみした口調で話を続けた。

「よかったですね。犯人も無事に逮捕されたし、十五年前の捜査も順調だっていうし、万々歳じゃないですか」

「……うん、そうだな」

富岡がなぜそれらのことを知っているかというと、俺や良平が話したからでは勿論なく、連日、事件関連の報道があらゆるメディアでなされているためだ。

事実が明らかになるにつれ、犯人である水原《みずはら》への世間の同情は高まっていた。減刑を求める嘆願書も続々と集まっているという話で、実際そうなるといいなと俺も良平も望んでいるのだが、富岡も同じ思いを抱いているらしく、

「あとは時効成立前までに十五年前の事件が立件されるといいですね」

と微笑《ほほえ》んだ。

「うん」

本当に、と頷《うなず》く俺の横で、富岡がぼそりと呟《つぶや》く。

「十五年も人を恨み続けているのは、さぞつらかったでしょうね」

「……うん、そうだな」

それを聞き俺は、富岡はやっぱりいい奴だな、という思いを新たにした。

人を恨んだり憎んだりする、そうした『負の感情』を抱くことを、人としてどうなのだと責めるのは容易い。

だが、そうした感情を抱く本人もまた、つらいのだということを彼はわかっている。人の心の痛みがわからなければ、そのつらさを理解することはないだろう。

「人の思いはそう簡単に消えるものじゃないってことでしょうね」

「うん」

頷いた俺を感心させるようなことをまた、富岡が口にする。

「恨みだけじゃないですもんね。愛情も消えることがない。だからこそ愛する相手を奪われた憎しみも消えないいんだろうし」

「……そうだな……」

本当に富岡はいい奴だ。のべつまくなし、迫ってくることさえしなければ特に、と考えたにもかかわらず、富岡は早速その『のべつまくなし』を実施し、俺をがっかりさせてくれたのだった。

「そういったわけで、僕の愛情も消えません。十五年といわず、永遠に」

再び俺の肩を抱いてきた彼に対し、がっかり感も手伝って、俺は思わずいつもの台詞《せりふ》を告げていた。

「馬鹿じゃないか」

「ひど」

富岡が苦笑したとき、ちょうど俺たちは地下鉄の駅に到着した。

「それじゃ、お疲れ様でした」

富岡と俺は方向が逆になる。あっさり別れを切り出してくれたあたりに富岡の心遣いが現れていると感じざるをえなかった。

「悪い。ほんと、助かった」

深く頭を下げた俺の耳に、富岡の笑いを含んだ声が響く。

「お礼はキスでいいです」

「おつかれ」

いつものように冷たく返しながらも、少々気になり彼のリアクションを見た俺は、

「ひど」

いつものように笑う彼を見て、どこか安堵《あんど》している自分に戸惑いを覚えつつ、彼とは逆方向のホームへと向かったのだった。

「ただいま」

今日こそ良平のために夕食を作る。そんな決意を胸にアパートに戻った俺を迎えたのは、エプロン姿の良平だった。

「おかえり。もうすぐご飯、できるで」

「良平、何やってんだよっ」

思わず彼を怒鳴りつけたのは、良平が起きて料理なんてまだできない状態だとわかっているためだ。

「どないしたん」

俺の怒りの理由は良平には伝わらなかったようで、驚いた様子で目を見開いている。

「なんのための自宅療養だよ。寝てなきゃ駄目だろ」

注意しながらも、良平が家事をしようと思ったのは、俺の帰宅が二日連続して遅かったためだとわかるだけに、申し訳なさが募る。

「ごめん。明日からもっと早く帰るから」

「無理せんでええよ。それにこれもリハビリや」

頭を下げた俺に、この上なく優しい声で良平がそう言い微笑《ほほえ》んだ。

「良平……」

「それより、こないに早う帰って大丈夫やったん？」

心の底から心配そうに問いかけてくる良平に「勿論」と大きく頷く。

「本当だったら毎日早く帰りたいんだけど」

「無理せんでええて」

「無理やないよ」

嘘くさい関西弁で答えた俺を良平が抱き締める。

「ほんま、無理せんといてな。ごろちゃんの幸せが僕の幸せやさかい」

「…………うん」

偶然にも同じ言葉をついさっき富岡に言われた。今夜早く帰れたのも彼のおかげかと思うと、その彼に対しては『気持ち悪い』と言い捨ててしまっていただけに、素直に喜びの言葉を口にできない。

「ごろちゃん？」

複雑な表情で頷いた俺を訝《いぶか》り、良平が顔を覗《のぞ》き込んでくる。

許せ、富岡。そう思いながらも俺は、沸き起こる幸福感を抑えることができずに良平の背をしっかりと抱き締め、

「俺の幸せも良平の幸せだよ」

心から思っている言葉を告げると、今更の『おかえりのチュウ』をねだるべく目を閉じてみせたのだった。

あとがき

はじめまして&こんにちは。愁堂れなです。この度は四十六冊目のルチル文庫となりました『罪な宿命』をお手に取ってくださり本当にどうもありがとうございました。

ルチル様からの罪シリーズ第十五弾。二〇〇五年発行のノベルズの文庫化となります。文庫化にあたり本当に素晴らしいイラストを描き下ろしてくださいました陸裕先生、ノベルズのときにもたくさんの幸せをいただきましたが今回も本当に嬉しかったです！

本作でも大変お世話になりました担当様をはじめ、本書発行に携わってくださいましたすべての皆様にこの場をお借り致しまして心より御礼申し上げます。

尚、作中に出てきます殺人事件の公訴時効ですが、十五年から二十五年に延長され、今現在期限はなくなっています。内容的にその部分は現行に修正できませんでしたことご了承くださいませ。

最後に何よりこの本をお手に取ってくださいました皆様に御礼申し上げます。よろしかったらどうぞご感想をお聞かせくださいませ。心よりお待ちしています！

次のルチル文庫様でのお仕事は来月文庫を発行していただける予定です。また皆様にお目にかかれますことを切にお祈りしています。

愁堂れな

僕まだ食べたことないです
田宮さんお手製のお稲荷さん
ええっ
納さんから聞きましたよっ
捜査一課の皆さんは食べてるそうじゃないですか！！
ああそう
ああそうじゃなくて！
そこは「じゃあご馳走するからウチに食べに来いよ♥」て招待するとこじゃないですか？
はあ？寝言は寝て言うもんだぞ
うらやましい うらやましい うら
まったく 病室での あんなコトを見せられたら僕の入りこむスキマがないじゃないですか
まだ わりこむつもりだったのか!?
飲みに行った夜
あんなに凹んでたのに…
ほんと富岡さんブレないな〜
ギャーギャー

✦初出　罪な宿命……………アイノベルズ「罪な宿命」（2005年9月）
罪悪感…………………書き下ろし
コミック……………描き下ろし

愁堂れな先生、陸裕千景子先生へのお便り、本作品に関するご意見、ご感想などは
〒151-0051 東京都渋谷区千駄ヶ谷 4-9-7
幻冬舎コミックス　ルチル文庫「罪な宿命」係まで。

RB 幻冬舎ルチル文庫

罪な宿命

2013年10月20日　第1刷発行

✦著者	愁堂れな　しゅうどう れな
✦発行人	伊藤嘉彦
✦発行元	株式会社 幻冬舎コミックス 〒151-0051 東京都渋谷区千駄ヶ谷 4-9-7 電話 03(5411)6431［編集］
✦発売元	株式会社 幻冬舎 〒151-0051 東京都渋谷区千駄ヶ谷 4-9-7 電話 03(5411)6222［営業］ 振替 00120-8-767643
✦印刷・製本所	中央精版印刷株式会社

✦検印廃止

ISBN978-4-344-82952-7　C0193　Printed in Japan